시의
장례가 치러지고 있다

시의 장례가 치러지고 있다

초판 1쇄 발행 2015년 2월 25일

지은이 김영산
펴낸이 조기조
펴낸곳 도서출판 b

등록 2003년 2월 24일 제12-348호
주소 151-899 서울시 관악구 난곡로 288 남진빌딩 401호
전화 02-6293-7070(대) 팩시밀리 02-6293-8080
홈페이지 b-book.co.kr 이메일 bbooks@naver.com

ISBN 978-89-91706-89-7 03810
정가_13,000원

* 잘못된 책은 교환해 드립니다.

시의
장례가 치러지고 있다

시설의 탄생

김영산 지음

도서출판 b

나는 두려운 마음으로 이 글을 쓴다. 첫째, 내가, 내 시의 글 빚이 많은 까닭이요. 둘째, 위대한 한국시를 말하기에는 내 시간이 부족한 까닭이요. 셋째, 자칫 내 간절함이 지나쳐 좋은 시에 상처를 내지 않을까 저어하는 까닭이다. 그래서 지금도 여전히 절박한, 문청 시절에 읽은 오래전 글을 인용하는 것으로 시작하려 한다.

그것은 서정시의 내면의 혼란을 통하여 얻어진 보다 깊은 자아의식을 포함하고 무엇보다도 오늘의 혼란의 원인이 되는 인간관계의 비인간화 를 유념하고 시대의 혼란 속에서 사라져 버린 인간과 자연의 신비스러운 공존에 관한 깊은 지혜를 담고 있는 것일 것이다. 이러한 새로운 시가 반드시 서사시가 될는지는 모르지만 적어도 서사시적 투명성을 가진 것이 되리라는 것은 희망해 볼 수 있다. 거기에서 사람의 모습은 무엇보다도 바깥세상 가운데 스스로를 창조해 가는 모습으로 나타날 것이다. 시의 언어 또한 여기에 알맞은 것이 될 것이다. 그것은 너무 사사롭고 감정적인 것도 아니며 그렇다고 정치적 구호나 연설처럼 비인간적이고 기계적인 것도 아닐 것이다. 그것은 우리들 모두를 한데 이어줄 만큼 투명하고 공적인 것이면서 또 삶의 새로움을 숨겨둘 수 있을 만큼 그림자를 지닌 것일 것이다.

나는 이 글을 읽는 데 삼십 년이 걸렸다. 왜냐하면 우연히 둘러보다 향수처럼, 내 책 더미 속에서 발견한 글이기 때문이다. 내가 그해에 사놓고 잊어버린 책, 보석 같은 글귀들을 방금 전 다 읽었다. 바로 1983년 『시의 이해』에 나오는 김우창 선생의 「시의 상황」이란 글인데, 예정에도 없이 책머리에 쓰게 된 것이다. 그것은 여전히 풀리지 않는 내 시의 숙제인 3권의 『하얀 별』 시집을 멋도 모르고 다 써놓고, 해찰하면서도 어찌하지 못하는 나를 다독거리는 글이기도 해서이지만, 무엇보다도 한국시의 풀리지 않는 숙제에 던지는 선생의 여전히 화두 같은 글이라 여겨지기 때문이다.

예를 들면, 이 글에는 단테의 『신곡』에 대해 나오는데, 본문보다 주가 더 재미있다는 최인훈의 소설 주인공이 있다. 소설가 구보 씨는 단테와 문학관의 차이를 드러내는데 "소설은 서사시의 난외주기로부터" 갈라진다고, 모든 것은 갈라진다고 여기는 데 있는 것이다. 내게 여기서 중요한 것은 시대 상황인데, 단테는 "13세기 유럽문화의 통일성으로 인하여 가능한 것이었다."는 것이다. 그렇다. 통일성은 반드시 해체되어 어느 시인의 시 구절처럼 "갈라지고 갈라진다." 그러나 그 갈라짐은 어디까지 갈라짐인가. 세계의 오천 년 문학나무는 어디까지 갈라짐인가. 갈라지지 않으면 죽고, 생명이 있는 한 갈라진다. 시에서도 시가 갈라지고, 시가 갈라지고, 갈라진다.

그러나 그 갈라짐 속에는 필연적으로 숨은 통일성의 열망이 있다. 단순히 돌아가려는 게 아니라 갈라짐 속에 잎을 틔우는 열망, 잎 속의 뿌리, 뿌리 속의 잎 그 팽팽한 열망, 갈라짐의 열망과 통일성의 열망이 없다면 우리 문학나무는 죽고 말 것이다. 그런데 통일성의 에너지는 시에서 나온다. 시라는 문학나무에도 갈라짐의 열망과 통일성의 열망이 동시에 있지만 궁극적으로 햇볕보다 그늘을 지향하고, 뿌리를 지향한다. 요즘 싹을 틔우는 많은 시들은 뿌리를 망각한 게 아니라, 그걸 너무 잘 알고 뿌리를 훼손하는 시들이다. 서정의 옹호가 아니라 서정의 파괴이다. 뿌리를 소중히 여기는 전위의 부정의 정신이 아니라 아예 싹둑싹둑, 나무 밑동을 베어버리는 죽음의 정원사다. 그래서 요즘 최전선이란 말은 위험하다. 우주에는 최전선이 따로 없다. 꼭 최전선이 좋은 게 아니다. 형식 파괴보다, 내용 파괴가 그러한데 '자기 시 살겠다고 모든 시 죽이는' 시와 나는 전쟁을 할 것이다. 시는 갈라지고, 갈라지고, 갈라진 세계에서 동시에 궁극적으로 통일성을 지향한다. 시인은 단독자이지만 단독자가 아니다. 자연스런 시의 나무는 엘리트주의 시도, 민중주의 시도 아니다. 시인에게는 '생각이 끼어들게 하지 않으려 할 때' 이미 생각이 끼어든다. 우주 받아쓰기 하는 자들이 시인이다. 우주는 주인공 중심이 아니라 사건 중심이다. 이미 그 속에 정체성도 타자성도 들어 있는 것이다. 이미 정현종 등의 시인이 쓴 시론 —— 시의 자기동일성 —— 과 시들을 가지고, 자기 것인 양 요즘 시인들은 전위라는 이름붙이기를 좋아한다.

다시 그 갈라짐의 가지 끝에서 돌아와 보면, 갈라짐의 상황 속에서도 선생은 이렇게 말한다. "시인은 비록 전체적인 상황의 어둠을 잊지 않으면서도 예나 마찬가지로 이러한 것을 노래할 것이다. 그러는 가운데 새로운 삶의 통일성"으로 나아간다. 어디로? 가지에서 뿌리로, 뿌리에서 가지로, 가지 끝으로 갈라지며 갈라지며 나아간다. 이 두 가지가 동시에 순환될 때 병든 나무, 죽은 나무가 아니라 살아있는 나무가 된다. 너무 지엽적인 문제로 싸우는, 시의 문학나무는 기형적 구조를 갖는다. 기형의 시도 시이지만 그런 나무만으로 숲을 이루지 못한다. 한국시의 미래는 서정의 파괴가 아니라 서정의 옹호이다. 무엇보다 시의 가슴에 손을 얹고 다독거리는 간절함이 필요한 때이다. 우주적 서정, 우주적 서사, 우주적 사랑이 통일될 때 한국에서 진정한 우주문학 시대가 열릴 것이다.

누군가 써야 할 **우주문학론**을 위해!

우주 장례는 시의 장례요, 시의 혼례요, 우주의 혼례이다. 우주의 혼례는 지구의 장례요, 지구의 혼례이다. 지구의 혼례는 시의 혼례이다. 시의 장례가 치러지고 있다는 말은 시의 혼례가 치러지고 있다는 말이다. 애인이여, 애인이여, 시의 장례는 시의 혼례! 시의 혼례가 치러지고 있다!

여기에 실린 글들은 지난 2년 동안——이미 '서정의 반성 19'는 오래전에 발표했다——한 대학에서 강의한 내용들이다. 부족한 글, 모쪼록

어여삐 여겨주길 바란다. 시를 사랑한 죄가 이리 크다. 그 형벌은 달게 받겠지만, 여기 인용한 시인의 시는 모두 내가 시의 보석으로 여기는 시들이니 오해 없기를 바란다. 감정의 기복을 숨기지 않은 것은 강의 내용을 전달하려 한 것이지만, 미혹하기가 그지없다. 전영태 교수님, 이승하 교수님, 학생들, 그들은 나의 스승이다. 가르친다는 것은 배우는 일이다. 내 '영산'이란 이름을 지어주신 고은 선생님, '인내의 면사포' 서정춘 선생님, 언제나 내게 선비이신 이시영 선생님, 『하얀 별』의 해설을 써주신 정과리 교수님께 머리 숙여 감사드린다. 내가 아는 모든 분들께 감사드린다. 조기조 사장님께 머리 숙여 감사드린다.

2015. 1.
김영산 삼가 적음

❧ 차 례 ☙

제 1 부

제 2 부

제 3 부

제 4 부

제1부

내가 한 말로 내가 무너지지 않기 위해 침묵하라, 시여!

서정의 반성 1

내가 한 말로 내가 무너지지 않기 위해 침묵하라, 시여!

여름이 다가오는 이른 아침에 일어나 책을 펼쳐든다. 깨알 같은 글씨로 씌어진 1969년 제일출판사에서 펴낸 빅토르 프랑클의 『죽음의 수용소에서』를. 나는 눈을 부비며 조금씩 아껴가며 책을 읽는다. 인생이 내게 묻는다, 너는 나를 위해 무엇을 한 것이냐? 죽음이 내게 묻는다, 삶아 너는 나를 위해 무엇을 할 것이냐? 시가 내게 묻는다, 시인이여 너는 나를 위해 무엇을 쓰느냐?

누군가 연필로 군데군데 밑줄을 그어 놓은 책을 펼쳐들고 나는 내 삶의 밑줄을 긋는다. 그리고 지운다. 악몽, 악몽이다! 악몽을 꾸는 동료를 흔들어 깨우려다 멈춘 손, 그는 문득 깨닫는다. 악몽이 현실보다 낫다고! 우리는 여전히 죽음의 수용소를 벗어나지 못하고 있다. 비누 한 조각 들고 목욕탕으로 갈지 가스실로 갈지도 모르고 육신의 옷을 벗어야 하는 것이다. 니체의 말을 빌리지 않더라도 인생은 비극 자체이지만, 또 니체의 말을 빌리지 않더라도 인생은 어두운 것만은 아니지만, 맑아진 다는 서울의 공기가 가스실같이 느껴질 때 나는 이 책을 남몰래 펼쳐드는 것이다. 오래전 밑줄을 그어 놓은 내가 지금의 내게 아직도 밑줄을 긋느냐 고? 인생의 낙천주의자와 염세주의자는 하나인 것이냐? 나는 여전히 죽음 앞에서 꼼짝도 못하지 않느냐? 나는 여전히 밑줄 긋는 습관을 버리지 못하고 있다. 모두 유치한 일이다, 삶은 유치한 일이다, 누가 제 죽음에 밑줄을 그을 수 있는가!

나는 릴케의 말을 빌려 체험이 정서보다 앞선다고 여러분께 말했지만 ——아주 쉬운 말로 한 학기 동안 말했지만——아우슈비츠는 현대에도 존재하고, 남한에도 존재하고 북한에도 존재하고, 세계 곳곳에도 존재하 고 나와 여러분의 마음, 몸속에도 존재하고, 여전히, 여전히 존재하고, 여러분 시에도 존재하고, 내 시에도 존재하고, 세계시에도 존재하고, 우리 한국시에도 존재하고, 여전히 식민지 시가 존재하고, 여전히 분단의 시가 존재하고, 여전히 독재의 시가 존재하고, 여전히 재벌의 시가 존재하 고, 여전히 불평등의 시가 존재하고, 여전히 부자유의 시가 존재하고, 여전히 권력의 시가 존재하고, 시를 죽이는 시가 존재하고, 사람을 죽이는 시가 존재하고, 자연을 죽이는 시가 존재하고, 모든 시가 다 위대하지 않기에, 모든 시가 다 좋은 시가 아니기에, 나쁜 시는, 나쁜 시보다 나쁜 시는 제 혼자 나쁜 시가 아니라 죽음의 가스처럼 시를 죽이는 시인 것이다. 나는 『죽음의 수용소에서』라는 책을 보면서 아우슈비츠의 죽음의 가스 같은 시를 떠올리는 것이다. 아니 독가스보다 무서운 게 시인지 모른다.

나는 또 다른 2013년 청아출판사의 『죽음의 수용소에서』를 펼쳐든다.

두 책 사이의 거리는 사십여 년이 흘렀지만 아우슈비츠는 시간을 넘어 항상 현재이다. 헤르만 헤세는 『싯다르타』에서 싯다르타가 강물을 바라보며 시간을 사유하고, '시간은 없음'을 깨닫는 걸 그린다. 철학자 데리다는 현재는 과거와 미래의 관계 속에서만 존재하지 따로 존재할 수 없음을 그린다. 죽음과의 관계 속에서만 삶이 존재하고, 자유 역시 감옥 없는 자유는 존재하지 않는 것인가. 세상은 부술 수 없는 감옥이란 말이 있지만, 세상의 모든 권력은 어디서 나오는 것인가. 모든 시간과, 모든 권력이 죽음을 쥐고 흔든다, 죽음의 멱살을!

사람이 비굴해지는 게 한순간이다, 가장 비굴한 인간이 카포가 된다. 죽음의 수용소에서 카포는 권력에 비굴하고, 죄수이면서 죄수에게 권력을 휘두르는 존재이다. 지금도 카포가 존재한다, 여전히 카포는 우리 주위에 있다. 시의 카포다! 얼굴 없는 시의 카포다, 얼굴 있는 시의 카포다! 여전히 시대가 극한 상황이면, 시에도 극한 상황인 것이다. 왜 시에 카포가 필요한가. 친일시나, 5·18 때 독재를 찬양한 시처럼 지금 시대에도 카포의 시가 필요한가. 오히려 시의 범람이 시를 조악하게 만든다. 시의 카포를 양성한다. 모든 권력이 있는 곳에 카포가 존재한다. 시의 권력이 있는 곳에 시의 카포가 존재한다. 시가 비굴해지는 게 아니라 시인이 카포가 되는 게 한순간이다. 시인들의 좌우합작 패거리도 모자라 대놓고 독재자를 찬양하고 재벌을 찬송하고 유명 출판사에서 양장본으로 『사람』이란 이름으로 책까지 내놓고 출판기념회를 하려 했다. 몇몇 시의 카포들이 시인들을 꼬드겨(?) 잔치를 벌이려 했다. 카포들에게서 시를 지켜야 하는 게 시인들이지만 시의 카포가 있다. 서울의 공기는 맑아진다는데 시는 혼탁해진다. 그건 가스실의 카포가 존재하기 때문이다. 차라리 시의 장례를 치러라, 시의 죽음의 장례를!

당신은 날이 갈수록 빛나는 전설입니다.

잘 살아 보자고 외치던 카랑카랑한 목소리,

위풍당당 자신감이 넘치던 형형한 눈빛,

아무도 못 말리던 그 집념, 그 믿음과 비전은

언제까지나 꺼지지 않을 우리의 횃불입니다.

초가지붕을 없애고 고속도로를 뚫고

쇳덩이와 전자 제품, 자동차와 선박을 만들며

빈곤과 수난의 역사에 눈부신 신화를 낳았습니다.

민둥산을 울창한 수림으로 뒤덮고

한강의 기적을 넘어 오늘의 번영을 불렀습니다.

어김없이 발과 눈으로 현장을 누비며

심사숙고 뒤엔 강력하고 투철한 추진력으로

사통팔달 국부의 길을 트고 닦았습니다.

자신을 위해서는 다 비우는 청렴과 강직,

오로지 국가 장래 생각뿐이었던 당신은

위대한 지도자요, 탁월한 선지자였습니다.

5·16은 쿠데타로 잉태해 혁명으로,

개발 독재는 애국 독재로 승화됐습니다.

하지만 아무리 빛을 비춰도 그늘은 있게 마련,

선택된 독선에는 아픔과 눈물도 따랐습니다.

유신으로 자유와 인권을 밀어 놓은 채

숭고한 희생자들을 낳기도 했습니다.

누군가가 불가피한 시기에 불가피한 지도자가

불가피하게 독재를 했다고 간파했듯이,

5·16 쿠데타와 유신 독재가 없었다면

민족중흥과 경제 발전은 과연 어떻게 됐을는지요.

국민이 가장 존경하는 대통령 ──, 누가 뭐래도

당신은 빛나는 전설, 꺼지지 않는 횃불입니다.

—이태수, 「박정희」 전문

황토를 일궈 끼니때 굶주림 가리느라

물고구마 한두 개로 배 채우던 척박이 있었다.

어디를 둘러봐도 칠흑 밤 호롱 등불 하나로 밝혀

가난이 서럽고 사무치던 암흑이 있었다.

일제강점기 파탄 속에서 삼성상회를 세운 사람,

바로 경남 의령이 낳은 사람 호암 이병철,

기업보국企業報國을 꿈꾼 선각先覺이었다.

근대의 낙후 속에서 가난은 정녕 기회였던가,

달 속 기린은 역경에 굴하지 않고 북두^{北斗}를 보았던가.

인생은 한 걸음 한 걸음 최선을 다하는 것!

차라리 혁명은 가난한 역사 속에서 솟구치는 것이다.

가업^{家業}은 창업 한 세기를 채우기도 전에

세계 기업사의 기적으로 우뚝 솟았다.

진흙 구덩이에 뿌리를 박고 줄기 세워

한 점 오탁^{汚濁} 없이 피어나 한 송이 연꽃은 아니라도

빛나라, 그 갸륵한 뜻, 그 맑은 의로움!

산중 적막을 깨고 여울로 몰리는 숭어 떼 같은

저 범종의 장엄으로 미지^{未知}의 광야로

번져라, 끓어 끓어, 넘쳐 나라!

벅찬 가슴으로, 마침내, 억만 송이 꽃으로!

　　　　　　　　　　　　　　　　　　　－장석주, 「이병철」 전문

　　나는 두 권의 『죽음의 수용소에서』를 보고 있다. 나는 이번엔 최신판을 들여다본다. ──도살장 아우슈비츠, 무감각, 집행유예 망상, 인간은 어떤 환경에도 적응할 수 있다, 절망이 오히려 자살을 보류하게 만든다, 죽음의 선발을 두려워하지 말라, 죽음보다 더한 모멸감 등등 ──소제목들이 글의 살집 속에서 삐져나온 힘줄처럼 혹은 핏줄처럼 책(몸)의 지도를 그리고 있다. 인생의 지도는 목적지를 찾는 데 때로 혼란스럽게 하기도 한다. 너무 친절한 안내서는 스스로의 고행을 없애 관념으로만 목적지에 이르게 한다. 힘들여 찾지 않는 길은 제 길이 아니다. 엄밀히 말해 인생의 지도는 없다. 더구나 진리의 지도는 없고, 시의 지도는 없다. 아무리

몸을 해부해서 몸의 지도를 그려도 마음의 지도까지는 그릴 수 없는 것이다. 우리 마음의 해부는 광활한 우주를 해부하는 것만큼 불가능하다. 그래서 같은 저자의 책이지만 오히려 힘들게 읽히는 옛날의 책보다 요즘 책이, 너무 성의가 있어 보이는 요즘 책이 성의가 없다. 아우슈비츠를 경험한 저자의 고뇌가 더 묻어나는 게 옛날의 책이다. 심리학자인 빅토르 프랑클의 위대한 죽음의 사유는 살집이 떨어져나가고 피가 튀기는 격정의 사유가 아니라 가스실의 죽음처럼 창백하다. 그 창백한 죽음의 사유는 거의 무감각해진 냉동 시체가 되기 전의 나를 만들어 눈물마저 얼어버리게 한다. 나는 그때부터 경악하지 않고 경악할 수 있다. 칠성판의 고문대 위에서 죽어간 자들이 보이고, 죽음의 가스를 마시며 죽어간 자들이 보인다. 그걸 보며 구토하는 자들이 보인다. 온 인류가 냉동된 불도가니처럼 보인다. 언젠가 본 바닷길 몇 십 킬로미터를 메워 만든 LNG 기지, 거대한 가스 배관들의 얼어붙은 창자처럼 인간의 마음도 불을 품고 사는 얼음이다. 어느 마음은 대폭발을 일으키고 어느 마음은 불꽃을 피우겠지만 그게 하나의 냉동된 마음에서 나오는 것이다. 인간은 어디까지 차가워질 수 있고, 어디까지 뜨거워질 수 있는가. 모든 게 우주 온도를 닮은 인간 마음의 온도인지 모른다.

다시, 1969년 제일출판사에서 펴낸 『죽음의 수용소에서』를 펼쳐든다. 우주는 너무 거대한 수용소이다. 인간 마음이 만든 미지의 수용소이다. 인간은 아우슈비츠 가스실을 발명하였지만, 또 인간은 똑바로 서서 가스실로 들어갈 그런 존재이다. 우리는 영웅담이 필요한 게 아니다. 가장 소박한 죽음을, 죽음 앞에서도 빛나는 고매한 정신, 그래서 시는 당당히 죽음의 건물로 들어갔는가? 시가 시에게 묻는다! 하나의 희생이 하나의 생명을 살리고, 만인을 살린다. 하나의 시가 시 전체를 살린다. 그러나 하나의 시가 시를 죽일 수도 있다. 죽음의 막사에서 시들이 죽어가고 있다. 죽어가며 시는 깨닫는다, 뜻 없는 죽음은 없다고. 시의 죽음이 헛되지 않으려면 시는 죽음 앞에 비굴해지지 말아야 한다. 시의 무덤은 없기에, 시는 권력에 굴하지 말고, 죽음에 굴하지 말고, 시에도 굴하지 말라! 모든 미에는 죽음의 수용소가 있다. 대가 없는 자유가 없듯 대가 없는 미는 없다. 아무 희생 없는 시는 없다. 너 생의 잔치여, 죽음의 잔치 없는 생의 잔치는 없다. 시의 잔치는 모든 잔치를 치르는 것이다. 시의 혼례를 치르기 위해 시의 장례가 치러지듯이, 아직도 시 스스로 죽음의 수용소에서 시의 죽음을 맞이한다. 그게 시의 힘없는 싸움이며 가장 힘 있는 시의 싸움이다. 서울의 빌딩과 묘비가 하나이고, 청정한 공기와 독가스가 하나이고, 모든 게 하나이고, 하나이고…… 시의 희생과 생명이 하나이기에 시의 죽음의 수용소 같은 세상에서 시인은 살 수 있는 것이다.

서정의 반성 2

한국시의 대중성

간절하게, 간절하게 이 글은 써야 한다. 간절하게 한국시의 대중성을 말해야 한다. 왜인가, 한국시의 간절함은 간절함이 아니기 때문이다. 적어도 지금, 지금은 한국시는 간절하지 않다! 시의 여름장마다, 여름장마다, 지금은! 비가 오는데 금방 비가 그쳐버리는 마른장마다. 비가 오는데 산천초목 계곡은 말라 붙어버리는 백 년 가뭄이다. 쨍쨍한 태양은 아스팔트를 태워버릴 듯하다. 시의 무더위 속에서 간헐적으로 비가 오고 있다. 비가 오면 김수영이 그립다. 다시 그가 그리운 것은 비가 오고 있기 때문이다. 그가 살던 마포에도 비가 내리는데, 옛 시인들이 떠나버린 도시에도 비가 내리는데, "비가 오고 있다 / 여보 / 움직이는 비애를 알고 있느냐"던 그가 그립다.

얼마 전 국회의원이 되어 국회의사당 전광판에 버젓이 자기 시를 올리고 제 시를 강변하는 시인도 있지만, 어느 문학상 시상식장에 가보니 수상 소감에서 버젓이 백석 시를 베꼈노라고 말하는 시인도 있지만, 그 역설을 모르는 게 아니지만 또한 오만의 역설은 역설이 아니다. 그들은 한때 가장 낮은 자들의 편에 서서 시를 썼으나, 지금은 스스로 높은 곳에 군림하여 제 시가 최고인 양 부끄러운 줄 모른다. 모두 낙후된 한국시의 대중성 탓이다. 너무 영악해져버린 한국시는 얻은 게 있으면 잃은 게 있고 잃은 게 있으면 얻은 게 있다는 식으로 시의 중도를 포기한 지 오래다. ── 예술성과 대중성의 시의 중도! ── 그러나 마른장마에 속이 보타지는 나는 아직도 한국시가 대중성과 예술성을 어떻게 결합할지 궁금하다. 시의 대중성이라는 유혹에 발목 잡혀 한 발짝도 앞으로 나가지 못하는 한국시가 시의 덫을 풀 것인가. 이미 미래파는 순진한 과거파보다 순진한(?) 과거파가 되어버렸고 누가 시의 덫을 어떻게 풀 것인가.

국회의원 시인은 자신의 시가 6군데, 8군데 실렸다고 강변한다. 모두 교과서 탓이다. 그 교과서들을 기획한 교수들 탓이다. 그 교과서를 출판한 출판사 탓이다. 그 교과서를 찍어낸 기계 탓이다. 모두 본질은 없고, 시의 본질은 없고, 이념이니, 여당이니 야당이니, 시는 없고, 시의 머리는 없고, 가슴은 없고, 온몸으로 시는 쓰지 않고, 온몸으로 정치꾼, 시꾼이 된다! 시의 죽음이 우리를 거룩하게 하리라, 죽음이 우리 시를 거룩하게 하리라! 죽은 자와 산 자의 항시 소통이 없는 시는 거룩하지 않다. 시의 첫 마음 ── 죽음이 시가 되는 ── 을 잃어버리면, 간절한 마음의 제스처만 있을 뿐이다. 릴케의 『두이노의 비가』처럼 "인내의 면사포"를 쓴 신부가 간절하고 거룩한 시의 신부이다. 어느덧 대중성이 변질되고 상품화된 신부는 시의 혼례를 치르지 못한다. 그 신부는 모든 권력에 '상품성'을 인정받아 팔려갈 뿐이다. 모든 좌의 권력, 우의 권력은 하나의 권력일

뿐이다. 이미 '죽음을 잃어버린' 시, 신부인 것이다. 삶의 교과서는 죽음이기에 평생 책을 읽지 않으면 안 된다. 죽음의 교과서는 삶의 교과서이다. 한참 감수성이 예민한 성장기에 시의 본질과 예술성과 대중성을 교과서에서 읽지 못한 현실, 한국의 아이들은 시를 잃었다. 여러 종의 교과서를 만들었지만 시의 춘추전국시대처럼 교과서만 난립하고 ── 시의 잡지만 난립하고, 없어지고 ── 시의 난세다. 고전이 된 외국 시는 국어 교과서에서 사라지고, 세계문학과 민족문학이 하나임을 모른다. 한국시가 길을 잃었는가, 아니다, 길을 잃지 않아 문제다. 오히려 길을 잃을 때 길이 보인다. 자기 길만 고집하는 한국시가 문제이다. 거기에 더해 ── 상품화되고, 권력화되어 문화 권력, 출판 권력, 교과서 권력, 대학 권력이 제 입맛대로 만든 교과서에 실린 시의 탓이다. 시의 다양성이 없는, 다양성의 국어 교과서 탓이다!

기러기 울어예는
하늘 구만리
바람이 서늘 불어
가을은 깊었네.
아아 너도 가고 나도 가야지.

한낮이 기울며는
밤이 오듯이
우리의 사랑도
저물었네.
아아 너도 가고, 나도 가야지.

산촌에 눈이 쌓인

어느 날 밤에

촛불을 밝혀두고

홀로 우리라.

아아 너도 가고, 나도 가야지.

이 여름의 끝자락에서 여제자를 은혜하여 지었다는 목월의 「이별의 노래」가 떠오른다. 이 시가 첫가을이 어렴풋이 만져지는 이맘때에 맨 처음 생각나는 것은 그 애틋한 사연 때문인가. "산촌에 눈이 쌓인 / 어느 날 밤에 / 촛불을 밝혀두고 / 홀로 우"는 그가 보여서인가. "아아 너도 가고, 나도 가야지"의 후렴구 반복에서 느껴지는 이별 혹은 사별, 산 자들의 몸(비석)에 새겨진 죽음의 기억 때문인가. 그래서 이 시는 비명^{碑銘}처럼 쓰였는지 모른다. 모두 부정할 수 없지만 그보다 중요한 것은 딴 데에 있다. 많이 알려진 노래가 된 시 중에 드물게 이 시의 서정성이 대중성을 얻고 대중성이 실험성을 얻은 까닭이라 여기기 때문이다. 나의 실험성이라는 말에 무슨 소리냐고 반문할지 모르지만, 청록파 역시 전통시의 흐름 속에 나름대로 실험성이 있었음을 알 필요가 있다. 1946년 해방 전후 상황에서 그 시들은 주류가 아니라 비주류였음을 상기할 필요가 있다. 하나의 문학적 사건은 반드시 저항에서 비롯된다. 그게 이념적 저항이든 예술적 저항이든 문학은 부정의 정신이 생명이니까. 시는 부정의 정신이 없으면 시가 아니니까.

모든 시문학사는 서정성과 대중성과 실험성을 함께 지향한다. 진정한 서정성은 실험성이 생명이다. 그것은 고전이 된 모든 서정시에게 해당된다. 이상만이 아니라, 소월이 만해가 백석이 미당이 목월이 그랬다. 그 시인들은 나름대로 전통을 이으면서 새로운 시를 쓰는 데 주저하지 않았다. 한국시의 향가, 고려가요, 가사, 시조, 민요는 물론 일본을 통해 들어온 영미시, 유럽시, 동양의 시 등을 받아들여 새로운 길을 열었다. 이른바 서정의 실험이다, 전통 서정시의 실험이다. 요즘 미래파의 실험만이 실험이 아니라 더 무서운 실험은 전통 서정시의 실험인지 모른다. 그것은 이른바 실험성, 대중성, 서정성을 지향하지만 서정성, 대중성, 실험성을 잊어버린다. 모두 저절로 잊어버리고 쓴 시가 실험성이 되고 서정성이 되고 대중성이 될 때 눈부시게——미당의 노래가 된 시「푸르른 날」도 그렇다——시가 열린다. 시의 몰입은 모두 잊어버리는 데 있는데 요즘 시는 대중성을 지향하고 실험성을 지향하고 서정성마저 지향한다. 모든 기계적 프랑켄슈타인 언어에는 한계가 있다. 모국어주의에 갇힌 것에도 문제가 있지만, 모어나 모국어가 생명인 서정시를 모르고는 올바른 서정의 실험이라 할 수 없다. 아니 실험이란 말은 잘못이다, 서정의 반성이다! 더 이상 갈 곳 없는 한국 서정시의 반성이다. 이미 서정을 반성할 수 없는 현실, 그 서정의 풍토가 서정시를 죽인다. 시가 상품이 되고 미디어의 권력 맛을 알아버린 현실, 서정시를 죽이는 서정의 현실, 위선적 위악적 포즈의 서정의 현실! 아 무더위에 지쳐버린, 지쳐버린 젊은 여름날의 서정시, 서정의 가을은 오는가.

한 문인단체에서는 1인 독재식으로 100인 시인을 꾸미고, 나름 검증된 시사적 위치의 시인들에게 묻어가는 시인들이 너무 많다. "너무 의자가 많아서 걸린다."던 김수영의 시처럼, 시의 독재가 된 너무 많은 시의 의자들! 그 의자들은 독재와 권위로써 100년 한국 근대시를 제대로 된 검증절차도 없이 정말 비중 있는 시인들은 **빼**버리고——그 시인들이

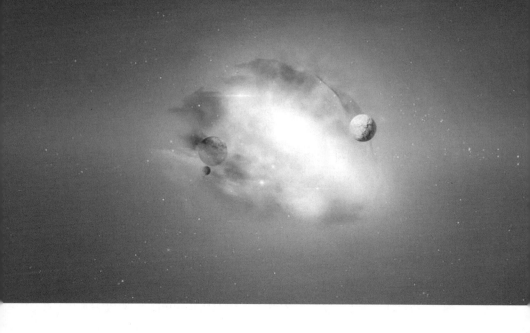

거기 동조할 리가 없다! —— 만해를 빙자하여 자신들의 욕망을 거침없이 드러낸다. 모든 시인이여 부끄럽지 아니한가, 시의 의자들이여 부끄럽지 아니한가! 내가 내 시비詩碑를 세우고, 기념관을 세우고 문학사를 만들려 한다? 시의 의자여, 그렇게 제 시에 자신이 없는가. 우리 한국시사 이천 년이 그렇게 호락호락하지 않듯, 제 무덤의 비석을 제가 세울 수 없듯 죽음 후로 내버려둘 일이다. 다 내버려두고 죽을힘으로 한 편, 한 편 시를 쓸 일이다. 쓰다가 제 죽음이 가장 거룩한 시가 될 일이다.

떠나는 그대
조금만 더 늦게 떠나준다면
그대 떠난 뒤에도 내 그대를
사랑하기에 아직 늦지 않으리

그대 떠난 곳
내 먼저 떠나가서
그대의 뒷모습에 깔리는
노을이 되리니

옷깃을 여미고 어둠 속에서
사람의 집들이 어두워지면
내 그대 위해 노래하는
별이 되리니

떠나는 그대
조금만 더 늦게 떠나준다면
그대 떠난 뒤에도 내 그대를
사랑하기에 아직 늦지 않으리

　정호승의 「이별노래」 역시 이별의 시와 사별의 시로 동시에 읽히지만,
결국 사랑의 시로 읽히며 절망가가 아닌 희망가라 할 수 있다. 우리는
매일 이별하고 매일 만나고, 매일 죽고 매일 살지만 해가 뜨고 해가
지는 동안은 이별이 이별이 아니고 죽음이 죽음이 아니어서 "그대의
뒷모습에 깔리는 노을이 되"려 한다. "그대 위해 노래하는 별"이 되려
한다. 단 한 사람에게든, 만인에게든 별이 되려 한다. 일인만인 만인일인의
이치가 하나라는 걸 느끼며, 헛된 사랑이라 알면서도 "사랑하기에 아직
늦지 않"기를 소망하며 기도한다. 그래서 정호승의 시는 기도하며 쓴
시인지 모른다. 한 사람만을 사랑하기에 너무 아파 민중을 사랑했고,

민중만을 사랑하기에 한 사람이 너무 괴로워 차라리 속죄양의 예수처럼 십자가를 지고 싶었는지 모른다. 김승희의 말마따나 "세상이 아프기에 나도 아프다"는, 유마적 시인으로 그를 불러도 옳은 듯하다. 김소월과 윤동주와 한용운이 그 시에 배어 있다는 말도 옳은 듯하다. 그의 시가 선적인 역설의 언어로 단순화의 늪에서 멋지게 구출되고 있다는 것도 멋진, 시보기인 것 같다.

그는 부정의 정신으로 자신의 시를 예까지 끌고 왔다고 할 수 있다. 자신을 부정하지 못한 시인은 시정신이 부재한 시인이라 할 수 있다. 아무리 다른 것을 부정하고 긍정해도, 제 시의 애착이 제 시를 바로 보지 못해 부정의 정신을 상실해 가니까. 우리는 대중성의 유혹에 너무 취약하니까. 그래서 그는 서정성과 실험성 대중성에서 다른 대중성을 추구하는, 부정의 정신이 부재한 다른 대중 시인 등과 차별화된다 할 수 있다. 그러나 정호승 역시 거기서 자유로울 수 없는 것은, 다시 말해 그 역시 대중성의 유혹에 취약하니까, 그의 빛나는 시집 『서울의 예수』처럼, 가장 낮은 곳에서 별이 되려는 유혹마저 견딜 수 있는가 하는 것이다. 가장 높은 별은 쉬이 만들어지지 않는다, 살아있는 자는 별이 되려 하지 마라! 별은 마음속에나 품고 사는 것, 오히려 이름은 필요 없는 것! 윤동주나 소월이나 만해가 이름이 필요한가. 그 시인들은 고유명사도 보통명사도 아닌 것이다. 오롯이 민족시인, 아니 민족문화유산인 것이다.

한국시는 이별시, 사별시가 명편이 된 경우가 많다. 모두 「공무도하가」나, 「제망매가」의 시의 뿌리에서 자랐다고 할 수 있다. 고려가요의 「청산별곡」 역시 무수한 죽음 속에서 떠돈, 이별시 혹은 사별시이고, 소월의 「초혼」, 정지용의 「유리창」, 김광균의 「은수저」, 박목월의 「하관」, 서정주의 「귀촉도」, 김현승의 「눈물」, 마종기의 「바람의 말」 등도 사별시이다.

그 명편들은 죽음 없이는 태어날 수 없는 생명의 시인 것이다. 시인들이 제 죽음을 망각할 때 시의 초심을 잃는 것이다. 부정을 위한 부정이 아니라, 대긍정에 이르기 위한 의도된 부정이 아니라──누가 죽음을 알았다 할 수 있으랴── 우주적 겸허함이 느껴지는, 오랜 세월 지나서도 「서울의 예수」의 이런 구절이 나는 좋다.

목이 마르다. 서울이 잠들기 전에 인간의 꿈이 먼저 잠들어 목이 마르 다.

서정의 반성 3

한국시의 실패와 자부심

　한국시가 심하게 피로가 누적되었다고 하면 무슨 뚱딴지같은 소리냐고 당신은 내게 물을지 모른다. 한국시의 머리와 심장, 오장육부가 생기고 영혼이 있다면 소화기관과 배설기관이 있다면 오히려 죽지 않고 살아있다면 병이 들고 낫고 하는 게 당연한 일이다. 당신도, 나도 시를 쓰니까, 시가 우리를 쓰니까 피로가 오는 건 당연한 일인데도 과거 서정파는 서정파끼리 미래파는 미래파끼리 뭉친 시의 근육을 풀지 못하고 중병 든 걸 부인하면서 외과 수술할 생각을 아예 안 하고 있다. 과거파는 기득권을 버리지 못하고, 미래파는 새로운 미를 창조한 것처럼 기득권에 꼬리를 내리고 안주하거나 시를 해체해 놓고 해탈에 이르지 못하고 있다. 아니 해탈에 이르려는 노력조차 안 하고 있다. 일부 서정파가 그랬듯이 자신을 상품화시키고 자본의 진흙구덩이가 전부인 양 진흙

속에 꽃을 피우지 못하고 있다. 해체론자인 데리다도 해체를 위한 해체가 아니라 해탈에 이르려는 우주적 사업을 수행했지만, 해체를 두려워하는 과거파나 해체를 즐기면서 해탈의 뼈아픔은 모르는, 당대의 파편화된 사유를 봉합조차 할 줄 모르는 미래파는 피 흘리는 한국시를 외면하고 무슨 출세의 발판인 양——패거리 문학으로——자기 시의 욕망 채우기에만 급급해 하고 있다.

과거 시인들의 '풍자냐 자살이냐, 풍자냐 해탈이냐'에도 이르지 못하고 오히려 그들을 '꼰대'라면서 자신들 또한 벌써 '꼰대'가 되어가는 줄도 모르고——이것은 이른바 이장욱의 '꼰대론'에 대한 '반박'이다——오래된 미래도 아니고 미래 없는 미래가 되어버렸다. 시는 인문학도 아니고 종교도 아니고 과학도 아니라고 할지 모르지만 적어도 시인에게는 모든 것이 될 수 있어야 한다. 인류가 우주의 일을 4% 정도밖에 모른다고 이론물리학자들이 주장하지만 시는 역설을 통해, 우주의 역설을 받아쓰는지 모른다. 우주의 큰 침묵이 시인지 모르지만, 역시 죽음보다 큰 시는 없기에 산 자는 끊임없이 죽음의 언어와 삶의 언어를 동시에 해독하지 않으면 안 된다. 궁극적으로는 시 스스로 살지 않으면 안 된다. 시는 시의 시체를 살려내는 일인지 모른다. 나는 해탈하지 않겠노라는 말조차 해탈을 꿈꾸는지 모른다.

나도 당신도 음악을 듣지만, 수백 번 수천 번 듣지만 그 음악이 온몸을 돌고 돌아 손가락에서 흘러나와 작곡이 되는 경험은 흔치 않을 것이다. 이것은 음악의 오장육부가 있다는 말인데 시에 있어서도 이와 같은 경험을 나는 한 적이 있다. 시의 소화기관과 배설기관이 생길 때까지——생기는 줄도 모르고——미당을, 백석을, 정지용을, 소월을, 김수영을, 이성복을, 기형도를, 랭보를, 괴테를, 단테를, 보들레르를, 릴케를 읽고 또 읽은 적이 있는데, 어느 시집은 수백 번을 읽었더니 그 번역투 시가 우리 가락이 되어 내 손 끝에서 음악이 되어 흘러나오는 것을 경험한 적이 있다.

그러나 시인의 숙명은 시의 오장육부가 생기면 씹고 또 씹어서 뱉어내거나, 소화시켜서 배설시키거나 하지 않으면 시가 병이 들고 끝내는 죽고 만다는 것이다. 김수영이 "시여, 침을 뱉어라" 한 것은 비단 사회에 대한 외침뿐만 아니라, 시 밖에다 대고 하는 외침뿐만 아니라 시 안에다, 이제 시에게, 나와, 당신의 시에게, 내 시에게 외치는 소리로 들어야 할 것이다. 너무 많은 서정시가 병든 줄도 모르고 시가 되어 거리를 활보하고 있지 않은가. 그래서 신서정의 건물을 세웠지만 금방 낡아가는 비슷비슷한 집이 되지 않았는가.

나와 당신이 해체하려는 것이 건물이라면 어떠하겠는가. 거대한 뿌리라고 명명한 다리이면 어떠하겠는가. 그게 낡은 아파트건 오래된 빌딩이건 붕괴되고 있는 다리이건 간에 해체하지 않으면 안 될 상황인지를 진단하게 될 것이다. 그리고 마침내 폭약을 설치하고 마침내 먼지의 장례를 치를 것이다. 그러면 그것이 관이고 비석이고 무덤인 것을 알게 될 것이다. 시에게도 해체하지 않으면 알 수 없는 것이 있을 것이고, 해체 뒤에야 보이는 것이 있을 것이다. 우리는 때로 파묘도 해야 할 것이고, 이장도 해야 할 것이고, 다시 시를 매장해야 할지도 모른다. 그게 화장일지라도, 다시 시는 분을 바르고 시인 앞에 어린 신부로, 시의 혼례를 치르기 위해 다소곳이 나타날 것이다. 시의 무서움을 모른다면 시인이 아니다, 그러나 더더욱 시의 쾌락을 모른다면 시인이 아니다! 비트겐슈타인이 본 것도 언어의 무덤인지 모른다. 언어의 무덤, 무덤의 쾌락! 시인이 보는 시의 무덤, 시의 쾌락! 삶의 쾌락도, 죽음에서 비롯되는지 모른다.

우리는 평생 상복 입은 시인으로 살아야 할지 모른다. 너무 많은 죽음을 먹고 시는 자라기 때문이다. 시인에게 있어서 모든 장례는 시의 장례이다. 언어의 죽음은 썩지 않는 '방부제의 죽음'이다. 시의 죽음은 시의 혀에 뿌린 '표백제의 죽음'이다. 아무것도 예언할 수 없는 하얀 잎의 혀는 "나는 기적을 믿지 않는다." 했지만 —— 나는 기형도의 검은 잎을 그리 본다 —— 하얘져 버린(버릴) 그 검은 혀의 비극이 5·18의 떼죽음에서 비롯된 망자들의 혀라면 아직도, 시의 장례는 계속되고 있는 것이다. 우리는 영원히 암매장당한 시를 찾아 헤맬 것이기에 죽음의 벌판에서 벗어날 수 없다. 부패하지 않는 죽음은 시의 죽음이기에 모든 비극은 시의 비극에서 비롯된다. 죽음의 벌판 곳곳에 버려진 우리 놀던 바위, 바윗돌, 그 돌상여 떼 메고 가는 우리는 시의 상여꾼인 것이다. 떼죽음은 사람만이 아니라 수백 개 마을들이 죽임을 당하여 사라지고, 아무도 장례 치르지 않기에 시가 나서서 장례를 치러야 한다. 허허벌판 비석 같은 빌딩들 들어서고, 우리는 빌딩의 돌상여 떼 메고 가야 한다. 모든 장례는 시의 장례이기에 고향의 장례 지구의 장례 우주의 장례 역시 시가 치러야 한다. 모든 혼례는 시의 혼례이기에 고향의 혼례 지구의 혼례 우주의 혼례 역시 시가 치러야 한다.

한국시의 실패는 오래전 김우창이 『궁핍한 시대의 시인』의 '한국시와 형이상'에서 간파한 적이 있는데 그 글은 여전히 유효하다. 왜인가, 여전히 한국시는 실패했기 때문에! 한국시가 살려면 실패해야 하기 때문이 아니라 정말 실패했기 때문이 아닌가. 그 구조적 실패는 식민지구조와 가사상태의 유교 전통, 선시로의 회귀라 하지만 지금도 향가의 「제망매가」에서 나아가지 못한 것 아닌가. 서정주의 실패는 한국시 전체의 실패라고 하지 않았는가. 실패한 서정시의 적자들이 서정의 이름으로 시를 쓰고 있지 않은가, 여전히! 그것은 고질적인 시단의 구조적 모순에서도 기인하겠지만 외부보다 내부에 더 많은 문제점이 있을 것이다. 언어에는 선악이 없는데 언어를 분별하려는 위선적 포즈의 시나 위악적 포즈의 시 역시 포함될 것이지만, 더 중요한 것은 식민지 시대의 시인들이 그랬듯 좌우에 편향된 민족문학 역시 여기에 해당한다. 무의식적이라도 우리는 자유로울 수 없다!

미당을 비판한 고은의 『만인보』 역시 자유로울 수 없는 것이 민족문학을 지향한 그가 언어 예술의 극한까지 보았다고 할 수 없기 때문이다. 고은의 실패는 민족문학 전체의 실패이다. 시는 보이지 않는 큰 세계가 보이는 작은 세계를 포함한다. 고은이 보이는(역사) 데서 보이지 않는(우주) 데를 보려 했다면 역사주의자에 머무른 것이다. 보이지 않는(죽음) 세계와 보이는(삶) 세계를 동시에 융합하지 못한 것이다. 릴케의 『두이노의 비가』만 보더라도 「제10비가」에 나오는 젊은이를 이끌고 가는 소녀의 이야기, 인내의 면사포 이야기, 위대한 종족의 광산 이야기에는 이르지 못하고, 다른 시인에게도, 고은에게도 형이상적 정열과 형이상적 에너지가 부족한 것이다. 우리 이천 년 한국시가 서양시의 에너지를 끌어안고 온 지 일백 년 진정한 한국시는 지금부터인지 모른다. 동양과 서양이 하나인 한국시, 김수영이 「반시론反詩論」에서 말한 거대한 스케일의 과학시, 지구를 고발하는 우주인의 시, 미래의 과학시대의 율리시즈를 생각하고, 때늦은 릴케식의 운산만이라도 홀가분하게 졸업하려면.

요즘 영화를 보면 시가 보인다. 힘이 막강해진 영화여서가 아니라 좋은 영화에는 반드시 시가 자리 잡고 있기 때문이다. 김기덕의 <피에타>를 보며 오히려 시는 정서보다 체험이라는 말을 다시 떠올렸다. 감독의 소년시절 청계천 체험이 없다면 과연 영화는 가능할까. 노동과 자본에 대한 철저한 사유와 예술적 에너지가 없다면, 시적 감각이 없다면 영화의 가장 전율인 핏길이 마지막에 끝없이 그려질까. 단순한 종교적 구원이 아니라 인간구원은 자기 구원이어야 한다는 확신(불안) 없이 어머니(시)를 겁탈하고, 사채에 내몰린 채무자의 손목 발목을 선반에 수없이 절단한 그가 제 모가지를 쇠사슬에 감고 트럭에 끌려가는 핏길을 그릴 수 있을까.

임권택의 〈서편제〉를 가장 사랑한 나는 그 〈피에타〉와 하나가 되는 날을 그린다. 서로 이질적인 게 하나가 될 때 가장 큰 힘을 발휘한다. —— 별의 중성자가 핵융합하여 빛이 뿜어져 나오듯이, 과거파와 미래파가 융합을 할 때 가장 큰 에너지가 나온다! —— 영화 〈시〉에서도 과거 서정파와 미래파 시인이 함께 나온다. 나는 거기서 한국시의 실패와 희망을 동시에 본다. "시 같은 건 죽어도 써!"라는 말이 아프게 들리지만 이 말을 한 미래파의 기수 황병승은 과연 〈피에타〉처럼 핏길을 그린 것인가. 더 나아가 〈서편제〉처럼 한국 민중의 자부심이자 서정의 정점인 『만인보』와도 살을 섞고 피를 섞어 스케일이 큰, 과거 세계시보다 큰 시를 쓰기 위해 제 시의 유전자 세포를 배반할 수 있는가.

시는 죽었는가, 살았는가. 다시 미당, 고은, 김수영 그 거인의 어깨 위에서 세계를 보아야 하지 않는가. 지구에 발 딛고서 먼 우주를 보라, 나와 당신은 시를 쓰고, 그게 그 시인들을, 과거파와 미래파를 동시에 사랑하고, 시를 사랑하는 게 아닌가. 형식에 자유가 없는 사회는 내용에도 자유가 없다고 했듯이 시의 운율에 대한 잘못된 관행도 시의 자유를 가두어 버렸다. 시의 운율이나 음보를 정형화된 틀에 가두고, 시를 가두어 버린 한국시의 수정되지 않는 막강한 아카데미즘에 혐의가 있지만 시인이 나서서 시의 자유를 찾지 않는다면 누가 찾을 것인가. 시의 운율이 오히려 반복과 일탈이란 말이 있듯이 시의 운율은 우주의 운율이어서 무한대인 것이다. 어떤 목적론적 시가 아니라 몰입의 무한대의 에너지가 제 자신도 모르게 솟구쳐 우주선처럼 점화되어 별이 되려면 나도, 나도, 또 다른 나도, 당신도, 당신들도 제각각이면서 하나의 시를 써야 할지도 모른다. 당신과 내가 바라보는 별은 수백만 도의 초고온에서 중성자의 핵융합으로 생긴다. 그 온도는 내가 없는 온도이다. 시의 온도는 내가 없는 온도이다. ── 그러나 차고 어두운 별의 요람! ── 금강경의 무아를 말하지 않아도, 화엄을 말하지 않아도, 상대성 절대성의 사랑을 말하지 않아도 그래서 역설적이게도 우주의 온도인 시의 온도는 차갑다.

서정의 반성 4

오규원 시인의 그녀

내 죽음이 시이기를

나는 나무 위에 뿌려지고

나무가 되고 한 그루 나무는

숲이 될 것이지만

내 시는 나무만이 아니라

나무의 장례만이 아니라

내 장례는 시의 장례

한 잎의 그녀를 위해

나도 살아있는 나무가 되어

그녀 죽음의 시에 잎잎이 피어나는 것이다

　　　　　　　　　　　　　　　　－「樹木葬-오규원 시인의 그녀」 전문

43

나는 오규원 시인이 살아있을 때보다 죽은 후에야 그의 삶과 시에 매료되었다. 강화도 전등사에서 그의 수목장樹木葬을 치른 후, 내가 늦게야 추모시를 쓴 까닭이다. 시인이란 모름지기 마지막 가는 길이 진짜 시가 아닐까 생각이 들어서이다. 시인에게 마지막 시는 무엇인가, 제 자신이 마지막 쓴 시인가? 그의 마지막 시는 자신의 죽음 아닌가. 제가 제 자신을 장례 치르는 게 마지막 시다! 그는 제가 저를 장례 치른 것이다. 많은 제자 시인들이 그를 장례 치렀지만 결국 그가 그를 장례 치른 것이다. 시인의 마지막 시는 그 자신의 장례이다. 모든 시인의 마지막 시는 결국 제 죽음이다.

어찌 시인만 그렇겠는가, 모든 죽음이 그렇다! 그는 시적으로 살다 시적으로 죽었다. 그는 이 말에 가장 어울리는 시인이다. 그는 '날이미지'의 가장 순수시다운 시인이다. 그의 실제 죽음과 시의 죽음 사이에 얼마만큼 거리가 있는 것인가. 그가 꿈꾸었으나 언어로는 이룰 수 없는 '날이미지시'를 죽음이 이루었다. "무의미시는 '무의미'를 지향하고, 날이미지시는 '의미를 지향'하는 시입니다."라고 역설하던 그는 생전에 결코 그런 시를 쓸 수 없다는 걸 알고 있었는지 모른다. 모든 것은 역설이다. 알몸으로 왔다 알몸으로 가는 제 육신의 죽음이 시인이 마지막으로 쓴 '날이미지시'이다. 그 죽은 몸에 시의 수의를 입히고, 시의 염을 하고, 시의 화장을 하고, 시의 장례를 치른 것이다. 모든 계절은 시의 장례를 치르기 좋다. 갈 봄 여름 없이 장례를 치르기 좋다, 너는 어느 계절에 시의 장례를 치르고 싶으냐?

나는 한 女子를 사랑했네. 물푸레나무 한 잎같이 쬐그만 女子, 그

한 잎의 女子를 사랑했네. 물푸레나무 그 한 잎의 솜털, 그 한 잎의 맑음, 그 한 잎의 영혼, 그 한 잎의 눈, 그리고 바람이 불면 보일 듯 보일 듯한 그 한 잎의 순결과 자유를 사랑했네.

정말로 나는 한 女子를 사랑했네. 女子만을 가진 女子, 女子 아닌 것은 아무것도 안 가진 女子, 女子 아니면 아무것도 아닌 여자, 눈물 같은 女子, 슬픔 같은 女子, 病身 같은 女子, 詩集 같은 女子, 그러나 누구나 영원히 가질 수 없는 女子, 그래서 불행한 女子.

그러나 영원히 나 혼자 가지는 女子, 물푸레나무 그림자 같은 슬픈 女子.

―「한 잎의 女子」 전문

그러나 물어도 대답 없는 게 시 아니냐? 대답 없는 시가 대답 없는 사랑이고, 대답 없는 사랑이 대답 없는 시다! 삶이 죽음에게 죽음이 삶에게 물어도 대답 없다. 모든 게 하나이기에 '그녀'는 '나'이지만 내가 나를 모르기에 '그녀'는 있으면서 부재하는 시이다. 그래서 영원히 "불행한 女子"는 시이다! 그러나 우리는 뜨거운 사랑을 믿고 싶을 뿐, 그러나 우리는 차가운 사랑을 믿고 싶을 뿐, 우리는 차갑지도 뜨겁지도 않은 사랑이 지겨워 무엇을 믿고 싶을 뿐, 모든 게 상대적인 사랑! 아니, 상대적이라는 말은 옳지 않다. 사랑은 물질이기도 하고 물질이 아니기도 하니까, 애초에 없으니까, 애초에 있으니까, 다만 분명한 것은 하면 할수록 우리는 사랑을 모른다는 걸 알아버렸다(시는 쓸수록 시를 모른 다!). 살면 살수록 삶을 모르듯, 죽은 자들의 망각된 묘비처럼 우리는 아무것도 기억하지 못하고 나도 너도 잊히리라.

　그러나 시의 천상은 지옥은 애초에 없기에 시의 지상에서 사랑은 너를 위해 마지막 노래를 부르리라. 절대적인 사랑, 절대적인 미는 없기에 우리가 썼던 모든 시들이 종이 위의 천사처럼 제 죽음(종이) 위에 뿌리내린 나무(글자)인지 모른다고. 그래서 시의 장례를 치르는 "詩集 같은 女子"는 시들을 데리고 나무속으로, 나무 몸속으로 들어가 —— 그 수목장! —— "물푸레나무 그림자"가 된 것이라고.

　그러나 이 뜨거운 여름처럼 시의 세절이 실종돼가고 있다. 그렇다, 시의 봄은 사라지고 있다! 마치 머리 없는 짐승처럼 몸뚱이만 남은 시의 계절이 오고 있다. 한 계절이 사라지면 두 계절이 사라지고, 세 계절이 사라지고 시의 빙하기가 오는 것인가. 한 잎 한 잎 피어나는 시의 봄 같은, 그의 시 "한 잎의 여자" 같은 시의 계절이 사라지고, 이 시대 마지막 시는 갔다.

　그러나 "오규원 시인의 그녀"는 어디서 죽음의 시를 쓰고 있는지 모른다. 왜냐하면 "물푸레나무 한 잎"의 여자는 시이며, 시인이기 때문이다. 시는 —— 감성 이성 영성의 —— 육신의 본능으로 쓰는 것이고, 그 예감 —— 시에는 예감이 있다! —— 은 적중해서 "한 잎의 여자"는 미리 쓰인 그녀인지 모른다. 그의 수많은 시의 시들이 —— 시의 제자들이 —— 그녀이다. 그러니 그녀만 오롯이 남았다. 시의 장례를 치르며 시의 마을에 아직도 시의 연인인 그녀만 남았다. 그래서 죽음의 마을은 연인의 마을이 된다. 삶보다 죽음이 강한가, 죽음보다 삶이 더 강한가. 시의 연인의 마을은 죽음으로 이 둘을 껴안는다. 모든 게 상대적인 사랑의 세상에서 절대적인 사랑을 꿈꾼다. 그래서 여전히 "病身 같은 女子"이지만 이미 시를 잉태한 여자이다, 죽음의 시! 오직 시만이 죽음을 잉태할 수 있다,

그것은 역설이며 직설인 시의 얼굴, 시의 얼굴은 우주의 얼굴! 시의 죽음을 잉태한 그녀는 시의 산고를 겪은 후 언제 생명을 낳을 것인가. 그녀는 누구인가, 시의 어느 제자인가, 시의 연인인가. 오규원은 죽기 전 15년을 넘게 폐기종을 앓았다. 마지막 산소 호흡기를 뗄 때까지 그의 병수발을 지극 정성으로 한 게 여제자인 이원이란 시인임을 우리는 알고 있다. 나는 "詩集" 속에 갇혀 사는 아프지만, 아름다운 그녀를 "오규원 시인의 그녀"라 생각한다. 그게 어쨌단 말인가, 시가 시를 간호한 게! 시인만이 아픈 게 아니라 시도 아프다, 시인이여.

그러나 그녀는 오늘도 시를 쓰고 시의 장례를 치른다, 여전히! 그녀가 쓰는 시는 죽음에게 다가가지만 죽음이 허락하지 않는다. 그녀의 시는 생사와 하나 됨을 거부한다. 그녀의 시는 그 틈새에도 삶이 있다는 걸 증명한다. 그래서 모든 게 하나라는 말은 맞지 않는다. 산 자도 될 수 없고, 죽은 자도 될 수 없는 식물인간도 아니면서 좀비도 아니면서 멀쩡하게 죽어있는 그녀 같은 시, 이미 반이 없는 반이 죽어버린, 반이 죽어서도 살아가는 반시半詩인 것이다, 그녀는 여전히! 그녀의 시 "반쯤 타다 남은 자화상"인 것이다. 쉼표도 없이 마침표만 나오는, 그 점점 커지는 구멍이 죽음의 블랙홀 같은, 우주 탄생의 점, 점 같은.

　　나는 꽃. 떨어져나가지 않는 목.

　　툭툭 빠져나온 등. 얼룩말.

　　머리를 집어넣고 숨구멍을 뚫는 중.

―「반쯤 타다 남은 자화상」 부분

* '그러나'의 접속어가 반복되는 것은 오규원의 어느 시에서 잠시 빌린 것이지만 모든 언어가 장례를 치르는 글쓰기라면, 상여를 타고 가듯 죽음을 거부하며 나아가는 '그러나'라는 저승길 가는 빈 배를 빌린 것과 같으리라.

서정의 반성 5

시 설 론

나는 며칠 전 인사동에서 귀갓길에 횡단보도에서 택시에 칠 뻔한 적이 있다. 그녀와 전화 통화를 하며 —— 그녀는 벌레 먹은 사과 얘기를 하고 있었다 —— 화요일에만 있는 강의 준비에 골몰하다 그만, 빨간 신호 등을 푸른 신호등으로 오인하고 걸어들어 갔다. 보이지 않는, 무선 이어폰을 귀에 끼고 중얼거리며 횡단보도로 걸어 들어갔기에, 그때 행인들은 자살하려 일부러 뛰어드는 사내로 보았을지 모른다. 차 한 대가 쌩하고 지나가고, 어두운 횡단보도의 폭은 너무 넓었고, 나는 겁도 없이 천천히 중앙에 섰다. 내가 오히려 급히 피했다면 죽었을지도 모를, 반쯤 넋이 나가 걸었던 길, 죽음의 길, 순간 신호가 바뀌고, 차들이 급정거했다. 나는 그때 시설론詩設論 강의를 생각 중이었고, 혼돈의 길을 헤매고 있었고, 그러다 퍼뜩, 정신이 들었다.

51

나는 집에 돌아와서야 몸을 떨었다. 지난 10년간 혼신의 힘으로 썼던, 아직 시집으로 묶이지 못한 시들을 보았다. 아직은 때가 아니다, 때가 아니라고 여긴 시들이 아우성치고 있었다. 『시마詩魔』 1권을 썼고, 2권을 썼고, 3권을 썼지만 나는 모른다. 아무도 모르기에 편안하다. 아무것도 모르는 나는 천치 같은 시를 썼고, 백치같이 아무도 모르는 백지의 고백을 하기에 흰 종이만 남을지도 모른다. 흰 종이의 고백만 되어도 좋은데, 시인은 검은 고백을 하려 한다. 한국시의 바윗돌을, 자갈을 치워야만 압사당하지 않고 푸른 싹들이 올라온다. 바야흐로 지금은 시의 봄이고, 곪아터진 시와 더불어, 그러기에 시의 창자가 썩는 냄새를 맡아야 한다. 나는 시의 배를 가르고 상처 난 창자를 자르고, 잇고 하는 외과수술을 할 의사가 아니다. 다만 시의 마취제가 되거나 시를 깁는 바늘이 되거나 실이 되거나 수술 도구가 되거나 시의 아픈 배를 친친 감는 붕대라면 좋겠다. 하지만 한국시의 돌파구는 다른 데 있는지 모른다. 나는 진정한 민족문학을 바란다. 오히려 민족문학에 갇히면 민족문학이 되지 못한다. 세계문학을 넘어 우주문학까지 나가야 한다. 보르헤스는 『알렙』에서 무슨 우주를 보았는가. —— 보르헤스는 치밀하다, 알렙의 부정과 긍정으로 그것을 **사이**에 동시에 두고 있다—— 인류는 아직 우주의 발꿈치 정도밖에 못 만졌는지 모른다. 암흑물질·암흑에너지를 들여다봐도 다중우주론을 들여다봐도 우주 도서관은 없다. 거시세계만이 아니라 미시세계도 마찬가지다. 미시세계의 양자역학과 거시세계의 일반 상대성이론이 하나의 접점에서 끈이론 초끈이론을 낳고, 그 수많은 우주까지도 모형에 불과하다는 모형우주론까지 나왔지만 우주는 영원히 미답이고, 그래서 김수영도 시는 영원히 미답이라 하지 않았는가. 이제 시의 장편소설 시의 대하소설이 필요한지도 모른다. 시에도 소설이나 희곡처럼 주인공과 여러 인물들과 사건이 있어야 한다. 모든 것이 있어야 하고 없어야 한다. 시로도 암송되고, 『햄릿』, 『토지』, 『오페라의 유령』처럼 영화 드라마 뮤지컬로도 만들어져야 한다. 시이면서 시 아닌 시, 시 아니면서 시인 시! 시, 연작 장시, 산문시, 장시만이 아니라, 신화나 역사 영웅을 다룬 서사시만이 아니라 현대시의 가락과 현대소설을 하나로 통합하는 시가 필요한지도 모른다. 은하가 은하를 집어삼키듯 무슨 장르나 삼키고 뱉어내는 시가 필요한지도 모른다.

　내가 쓴 시이지만 내 것이 아닌 시, 내가 한 말이지만 내 것이 아닌 말, 내가 들었지만 내가 듣지 못한 말, 모두가 말했지만 모두가 모르는 말, 인류가 수도 없이 중얼거렸으나 여전히 침묵인 말, 죽음의 말, 삶의 말, 시도 아니고 소설도 아닌 말, 음악도 아니고 미술도 아니고 오페라도 아니고 희곡도 아니고 영화도 아닌 말, 그러나 모든 장르의 말, 우주 탄생의 말이고 우주 종말의 말이고 우주가 없는 말, 내가 죽으면 아무것도 아닌 말, 시인도 평론가도 모르는 말, 철학자도 과학자도 모르는 말, 겁 없이 꿈꾸었던, 시의 미궁을 순산은커녕 제왕절개라도 해보려 했던 어리석은 말, 시가 우주가 돼버린 광기의 시인의 말, 시마詩魔에 걸린 시인의 말, 내 죽음 앞에서 쓰는 말, 내 죽음을 쓰는 말, 언제나 미루고 미루던 말 시설詩說이라는 말, 말, 말, 말.

　시설이란 무엇인가? 시소설인가. 시와 소설이 아닌 시소설인가. '와'라는 조사가 없는 시소설인가. ── 시에는 우주적 서정이 있고, 소설에는 우주적 서사가 있다 ── 시 가락과 소설 서사가 한 몸인 시소설인가. 나는 죽기 살기로 여기에 골몰해 있었다고 해도 틀리지 않다. 나는 솔직히 그녀의 벌레 먹은 사과보다도, 달콤한 사과보다도 '와'라는 과일 하나를 삼키는 죽음의 구멍, 혹은 입을 보고 싶었는지 모른다. '와'에 나는 미쳐가고 있었는지 모른다. 사과에서 과일 꼭지까지 집어삼키듯 나는 우적우적 썹어 먹고 싶었는지 모른다. 그것이 벌레 먹은 사과여서, 누군가 이미 먹었는지 모르지만, 아니 분명, 그녀는 세 개에 오천 원 하는 커다란 사과를, 벌레 먹었기에 더 맛있는 사과를 이만 원어치 사놓았다고 했다. 인류는 어디까지 시를 썼는가, 호메로스의 서사시보다 훨씬 앞선 오천 년 전의 『길가메시 서사시』부터 단테 『신곡』, 괴테 『파우스트』, 보들레르 『파리의 우울』에 이르기까지, 그리고 우리 민족의 이천 년 시사의 꽃인 고려가요에 이르기까지, ── 고려가요의 후렴구는 아주 중요하다, 시설 의 후렴구도 중요하다! ── 잃어버린 왕국, 가사에 이어 현대시에 이르기 까지, 지구상에 시의 꽃이 시들었는데 유독 한국에만 망국을 면하고 있으니 무슨 시의 과업이 주어졌는가. 이 끝나지 않는 노래는 시설의 후렴구로 이어진다.

> 광녀여 우주의 광녀여 별이여 하얀 별이여
> 내 시설詩說을 들어라

　그녀가 내게 사과를 주었고, 그녀는 시이고, 하얀 별이고, 사람 여자이고, 우주 여자이다. 우주 여자는 아기를 배고 38만 년을 견디었다. 암흑에서 빛이 독립하기 전, 암흑과 빛이 하나인 시간, 우주 임신기간, 우주 여자가 아기를 낳으며 겪은 산고의 고통, 사람 여자 뱃살이 트듯 '우주 주름'이란 이름으로 남았다. 우주 과학자들의 천체망원경에 잡힌 지도 이미 오래 되었건만, 아이러니하게도 우주 사업에서 시인은 스스로 추방된 자이다. 우주 장례는 시의 장례 우주 혼례는 시의 혼례, 혼례, 혼례, 혼례, 모든 혼례는 시의 혼례이다, 봄 혼례, 가을 혼례! 모든 장례는 시의 장례이다, 고향의 장례, 지구 장례, 우주 장례! 이 우주의 가을에, 이 지구의 봄에 나는 그녀에게서 사과를 받았다. 벌레 먹은 지구, 노을빛이 물든 사과, 내가 죽음의 통화를 하며 아슬아슬하게 본 사과, 주름 잡힌 사과, 썩은 사과, 탱탱한 싱싱한 사과, 나는 그것을 지구 사과, 우주 사과라 부른다! 우주 사랑이라 부른다!

별이여 하얀 별이여! 그녀는 하얀 별인 것이다,
죽지도 못하고 우주에 떠 있는 미라 같은 별.
그녀는 우주에서 **자신을 다 태우고 떠 있는 하얀 별**
그녀의 사랑은 하얀 별.

하지만 나는 시설의 정의조차 내리지 못했다. 나는 과연 소월처럼 시혼을 태워보았느냐. 나는 과연 백석처럼 애인을 위해 시의 순결한 눈밭을 걸어보았느냐. 나는 과연 김수영처럼 자유를 위해 목을 빼어보았느냐. 나는 과연 미당처럼 시의 요술을 부려보았느냐. —— 보들레르의 마법과 비슷하지만 다르다 —— 그는 생전에 법화경을 보고 하늘에서 꽃이 떨어진다고 했다. 그러나 시도 알고 보면 시의 구더기까지 보이는데, 시의 구더기까지 사랑할 수 있는가? 시설은 시의 구더기까지 사랑해야 하는지 모른다, 소설의 구더기까지 사랑해야 하는지 모른다. 모든 시는 방법을 모른다, 모든 시설은 방법을 모른다. 대가리보다 꼬리가 필요하다, 시설은 대가리보다 꼬리가 필요하다, 고려가요의 후렴구처럼, 산문이면서 운문인 가사처럼, 아니 현대판 가사는 불가능하기에 대하시가 아니면 불가능하다. 시는 불가능이다, 이미 망국이기에 식민지이기에 아직 분단이기에 꼬리도 필요 없다, 아아 꼬리가 꼬리가 필요 없다, 현대시는 여전히 불모지다! 시인이여, 젊은 시인이여, 늙는 시인이여. 내 안에 시추봉을 꽂아라, 콸콸 시가 쏟아진다! 헤르만 헤세가 『싯다르타』의 입을 빌려 '시간은 없다'고 한 것도 이와 같은 이치, 나는 존재하지도 않는 시간을 붙들고 종이를 좀 먹으며, 시의 구도를 게을리 하고 있지 않은가.

시설의 꼬리가 먼저냐 머리가 문제냐는 형식의 문제가 아니라 내용의 문제일 수 있다. 어디에서 시설의 머리가 튀어나왔냐는 대단히 중요하다, 왜냐하면 막연히 산문시인줄 알았던 독자들이 ── 나도 그랬으니까! ── 그 지점에서 시설인 줄 짐작하기 때문이다. 시설이란 이름을 보고 낯설 것이 뻔하기 때문에 더 많은 시설 가락이 필요했는지 모른다. 반복에서 반복 우주는 반복인지 모른다. 아니다, 더 자세히 보면 반복이 아니라 반전이다. 반전에서 반전이다. 우주는 반전이다! 반전에 반전이 우주이니 까, 반전에 반전은 끝이 없다. 시는 반전을 가져온다, 시설은 반전을 가져온다. 반전이 내용이고, 형식이고 가락이다. 모두 한 정신이요, 한 몸뚱이다. 처음부터 시설의 구성을 짜지 않았기에 우주의 생로병사를 그리려던 게 아니다. 시의 생로병사를 그리려는 게 아니다. 이미 우주 음악은 우리 몸속에 흐르는지 모르기에 몰입만이 울고 웃는 광기의 가락인지 모른다. 그게 읽히는 운율 고전 소설인지 판소리의 밀고 당기는 가락이 주는 장단인지 제가 제 진혼곡을 쓰며 죽은 어느 작곡가의 음악유서 인지 모른다. 『시마』 1권 부분은 원래 우주 탄생의 과정을 그리려 했는데 과욕이었는지 모른다. 아아 우주의 율격은 하나가 아닌지 모른다. 2권(하 얀 별)에서야 간신히 시설의 후렴구가 나왔지만 3권(검은 별)의 바탕이 필요했는지도 모른다. 모른다, 모른다, 나는 아무것도 모르고, 시설을 쓴 것인가, 아무것도 아닌 시를 쓴 것인가. 모르는, 나는, 당신은, 우리는 우주의 장례식의 상주, 우주의 혼례식의 혼주, 별처럼 빛나게 문상 왔거나 별처럼 하얗게 사라질 하객인가.

> **그녀는 그녀 별에게 문상 간다**
> **그녀는 제가 제게 문상 가고**

　나는 너무 큰 시만을 질투하는지 모른다. 나는 여전히 시에 인색하고, 급기야 시가 어려워 시에 갇히고 만다. 시의 감옥에서 들린다. 삶을 두려워 마라, 죽음을 두려워 마라, 시를 두려워 마라! 시가 너의 손을 잡아줄 것이다, 더 큰 시로, 더 큰 시로, 시의 감옥을 넓히는 일이라면 더 큰 시로! 시의 영토는 무한히 확장된다! 그러니 시의 매장량은 무한하다, 시설의 매장량은 무한하다. 우주의 가락이 시설이다. 아직 시가 미답이듯 시설도 미답이다. 별 하나가 생기려면 엄청난 양의 수소가 필요하듯 ── 우주는 공간에 비해 수소가 희박하다 ── 그녀를 끌어당기는 우주 공간의 시련, 아름다운 집착이 성운星雲을 만든다. 시는 모든 장르를 끌어다 쓴다! 몇 조 도의 온도에서 우주가 생기고, 몇 백만 도에서 별이 생기고, 그것이 시설이다.

　그러나 다시 묻는다, 시설이란 무엇인가? 어쩌면 아무 분별이 없던 말의 고향으로 돌아가는 게 시설 아닌가. 원래 문학은 분별이 없고, 산문과 운문의 분별이 없고, 소설적 서사와 시적 서사가 하나 됨을 꿈꾼다. 모든 이야기는 시를 꿈꾼다. 거대한 하나의 문학나무에서 여러 줄기에서 실핏줄처럼 뻗어가는 게 있다. 놀랍게도, 잎을 피우는 건 수많은 여린 잔가지들이다. 문학나무 뿌리는 여린 잎을 통해 무수한 말을 한다. 여러 가지들은 여러 장르이지만 하나의 장르이다. 우듬지부터 뿌리까지, 뿌리에서 우듬지까지 문학나무는, 오천 년 수령의 문학나무는 잎만이 아니라 이제 온몸으로 말을 한다. 그러나 알아들을 수 없다, 문학나무는 침묵이다. 아무리 물어도 대답 없는 말이 시설이다. 말을 많이 한 것 같으나 하나도 말하지 않고, 대답한 것 같으나 대답이 없고, 제가 제게 묻고 제가 제게 대답, 우리는 우리에게 끝없이 이야기하였지만 결국 제가 제 자신에게 이야기한 것이다.

제2부

우주적 서정

서정의 반성 6

아 기형도, 방부제의 죽음!

나는 기형도 산문집 『짧은 여행의 기록』을 펼쳐든다. 1990년에 사서 조금 읽고 묵혀두었던 망자의 글, 그의 글은 제 죽음을 예감하는 살기로부터 시작된다. 도시 지하철의 살기, 모두에게 평온이 그에겐 심장 터질 것 같은 살기다! 죽음 여행은 혼자서 가야 한다, 혼자서 가야 한다! 나는 대구 장정일이 혹 망월행을 동행이라도 했더라면 「입 속의 검은 잎」이라는 죽음의 명편의 시가 나왔을까 하고 쓸데없는 걱정을 한다. 이 우주는 주인공 중심이 아니라 사건 중심이라는 말이 있지만 하늘은 크나큰 아픔을 주고 자그마한 사건 하나가 온 우주를 물들게 한다는 역설의 시를 스스로 쓰는지도 모른다.

기형도가 전주 서고사西固寺에 도착해서 스님들과 차를 마시는 장면에서 나도 차를 우린다. 오래된 다기를 씻고, 차를 마시며 그를 생각한다.

나는 가끔 집에서 윤동주 시비^{詩碑}까지 걸어가는데, 그가 1982년 윤동주 문학상을 받고 시비 앞에서 찍은 사진이 이 산문집에도 나온다. 나는 시비 앞에서 우리 모두 '착한 시인 콤플렉스'에 빠져 죽어가고 있지 않나 생각한 적이 있다. 시에 선악이 있는가, 이런 원초적인 질문을 하기에도 그 시절 날씨는 나빴고, 내가 겪은 5·18 속에 망월동이 자리 잡고 그는 내일이면 거기에 갈 것이다. 서른 즈음의 젊은 그는 서울을 증오했고, 속세의 구원을 믿지 않았다. 그것을 자기구원이라 여기지 않았다. 오히려 가식으로 가득 찬 이웃 구원이라 여긴 것이다. 그러던 그가, "나는 죄인이다. 나는 앉아서 성자되기를 기다렸다."고 고백한다. 서고사에서 하룻밤은 기형도를 경계인이 되게 한다. ── 산 자는 경계인 이 못 된다, 죽은 자만이 경계인이 될 수 있다. ── 그의 "행복론은 산산조 각 나고" "나는 지금의 나를 없애야 한다. 그것이 구원이다."라고 거듭 말한다. 무등^{無等}으로 가는 길은 험했고, 아직도 여전히 그는 가고 있을지도 모른다.

그가 이 도시의 이방인이라면 나도 그에게 이방인인지 모른다. 우리는 서로에게 모두 이방인이다. 그가 처음 걸은 충장로와 금남로가 내겐 너무 낯익고 광주 고속터미널은 북적이는 인파들로 가득하지만, 그 많은 넝마들 ── 커다란 바구니를 등에 메고 쓰레기를 줍는 넝마들이 터미널 근처에 많았다. 5·18 때 자취를 감춘 넝마들 ── 이 갑자기 사라지듯 이상한 일들이 일어난다. 내게 낯익은 풍경이 그에게 낯선 풍경이 되면 ── 모든 풍경은 유전되는지 모른다! ── 나도 낯선 풍경이 된다. 나도 그와 함께 이 도시의 이방인이 되는 것이다. 온 도시가 장례식장이 되어 있었다.

나는 여태 그리 많은 시체를 본 적이 없다. 전남대병원 앞에 고 2인

내가 서 있고, 영안실은 넘쳐 병원 앞 광장까지 총 맞은 시체들로 즐비했다. 그런데 이상한 일이 벌어졌다. 총 맞은 남자의 시체를 껴안고 있는 여자는 울지 않고, 피 흘리는 시체 더미 속에서 앉아 있는 사람들도 아무도 울지 않았다. 울지 않는 사람과 그걸 바라보며 경악하는 사람들 사이에서 나는 처음 전쟁이 이런 거구나, 느꼈다. 그리고 기형도가 금남로 입구에서 본 —— 산문에는 묘사되어 있지 않지만 —— 도청 앞 광장에 내가 또 서 있다. 도청 분수대에 사람이 매달려 있고 빙 둘러선 건물에도 사람들이 매달려 있다. 여기저기 흰 현수막에는 핏빛으로 "살인마 전두환 찢어 죽여라!" 하고 악을 써대고 있었다. "입 속의 검은 잎"들이 번들거렸다. 나는 여태 이리 많은 잎을 본 적이 없다. 아 죽음은 1초도 안 되는 순간에 동시에 보인다!

그와 나는 버려진 묘지들 사이에 서 있었다. —— 망월동은 버려지지 않았는가, 지금도! —— 그해 여름 나는 막 제대를 하고 광주에 있었고, 기형도는 망월행을 하며 광주에 왔다. 버려진 묘지에 오기까지 그는 버스를 탔다. 25번 망월행 버스를 타고, 다시 봉고차를 타고 망월동에 왔다. —— 평론가 김병익은 그의 글에서 기형도 친구 박해연의 증언을 소개한다. "입 속의 검은 잎"에 나오는 대로 기형도가 택시를 타고 망월동에 찾아갔다는 얘기를 한 적이 있다고. —— 버스를 탔건 택시를 탔건 왜 그게 중요한가. 소설처럼 시도 픽션인가. 죽음도 픽션인가. 언어에 민감한 시인은 '버스운전사'보다 '택시운전사'가 '죽은 사람'으로 그리기에 —— 훨씬 모던한 죽은 사람으로 그리기에 —— 용이했는지 모른다. 아니다, 택시운전사는 독재자인지 모른다. 독재자는 죽어서도 운전을 한다. 택시운전사가 검은 잎을 만든 장본인이다.

그는 영민한 시인이다. 하얀 거짓말이건 **검은 참말**이건 아무 혐의가 없다. 다만 "입 속의 검은 잎"의 죽음이 썩지 않는 방부제의 죽음임을 밝히려는 것이다. 버려진 묘지들, 역사 속에 암매장당한 묘지들이 그러하듯 불행한 죽음은 썩지 않는다. 온전히 죽음으로 돌아갈 수 없는 죽음은 표백제의 죽음처럼 ── 자식의 시체를 앞에 놓고도 울지 못한 어미처럼 ── 하얗게 지워지다가 하얀 잎이 검은 잎이 되어 죽은 자와 산 자가 하나 되는 망자의 혀를 달고 사는 것이다, 영원히! 검게 굳어버린 혀는 묘하게도 썩지 않는 방부제의 죽음으로 기형도의 실제 죽음과 맞물린다. 그렇다, 기형도의 죽음, 기형도 시의 죽음은 방부제의 죽음이다! 그래서 기형도의 죽음은 불행하다. 아니, 불행하지 않다. 그렇다, 우리 죽음도 방부제의 죽음 아닌가.

그는 꽃 한 송이 소주 한 병 없이 무덤 사이를 거닌다. 망월동 제3묘원은 ──'그 일'이 있은 지 ── 8년이 지나 붉고 검은 현수막들로 나부꼈다. 무명열사의 묘, 박관현의 묘, 묘비명 사이를 걸으며 몇 장의 사진을 찍는다. 얼마 후, 안성에 있는 그의 묘를 찾아 누군가 사진을 찍고 갈 줄 모르고, 죽음의 사진은 ── 죽음을 앞둔 사진사가 제 영정 사진을 찍는 〈8월의 크리스마스〉처럼 ── 제가 저를 찍는 줄 모르고! 1년 전에 죽은 자식의 묘를 찾아 온 이한열 어머니를 만나고, 다시 25번 버스를 타고 돌아 나오며 우리 어머니의 뒷모습과 너무 흡사했다는 감상感傷도 계시啓示도 아니라던 그가 7개월 뒤 죽어, "형도야, 니가 왜 거기 들어가 있느냐?" 하며 그의 관을 붙들고 절규하는 어머니의 목소리를 들을 줄이야.

시의 죽음과 실제 죽음은 어느 정도 거리가 있는가, 이승과 저승의 거리만큼 먼가, 가까운가. 본능적으로 죽음을 느끼는 자신과 못 느끼는 자신 **사이**에 또 다른 죽음이 존재하는지도 모른다. 항상 느끼지만 무감각해져서 더 이상 느끼지 못하는 죽음, 바위처럼 굳어버린, 단물 **빠진** 껌처럼 딱딱해져버린, 홀로 이미 늙어버린 섬처럼 존재하는 죽음이 도처에 도사리고 있다. 그는 현실적인 **역사의 죽음**에서 이방인이다. 이방인이 도처에 존재하며 흩어져있는 죽음을 더 잘 볼 수도 있다. 그렇기에 그는 산 자나 죽은 자나, 가해자나 피해자나 모두 입 속에서 검은 잎이 출렁거릴 때, 악착같이 매달린 검은 잎이 제게도 있다는 걸 본 것이다, 두렵게! 죽음의 도시 광주 망월동 묘역을 빠져나와 냉담자라고 자책하며, 그러나 죽음의 성자가 되고픈 그는 그로테스크한 느낌을 주는 또 다른 도시로 떠난다. 그의 짧은 여행은 그의 시 「안개」의 도시로의 여행이었고, 결국 탐미주의자는 피로에 절여져 이 도시 저 도시를 떠돌다 빌딩의 비석이 빙 둘러선 거대한 공동묘지 속으로 돌아온 것이다. 그러니 기형도의 죽음과 삶이 우리 시에게 그대로 스며든 것인지 모른다. 삶과 죽음 어느 곳에도 머물지 못한 짧은 여행이! 그렇다, 그는 죽지도 살지도 못하는 검은 잎인 것이다. 그의 시는 삶의 붉은 잎과 표백제를 뿌린 죽음의 하얀 잎 **사이**에서 영원히 죽지도 못하는 방부제의 죽음 검은 잎이다. 그가 불행한 쾌락이라고 말한 시는 죽음의 쾌락에서 일정한 거리두기인지 모른다.

서정의 반성 7

우주적 서정

옛 망월동 망월행은 택시를 타야 한다 여전히

옛 택시운전사가 기다린다, 택시정류장은 죽음의 여행객으로 북적이

고 나는

택시를 타고 가 망자를 만나야 한다

망자를 만나러 가는 길 황량한 벌판 곳곳 암매장당한

망자를 장례 치르느라 돌상여들 놓여있다

택시운전사는 죽어서도 운전을 한다

그는 느릿느릿 나아가는 차들은 참을 수 없다고

그래서 장례 행렬이 밀린 거라고

그는 욕을 해대며 뒤를 돌아다본다, 나는 더듬거린다

그는 그때 택시운전사가 맞는가

그는 그 일을 터트린 장본인

그해 여름에도 택시운전사는 암매장 벌판을 운전하고 있었다

천천히 차들은 나아가고, 나의

망월행은 언제 끝날 것인가, 어디서

내려야 하는지 나는 모른다, 죽음의 벌판

나는 창밖으로 창백하게 식어가는 해를 본다

그는 내 말 몇 개만으로 내가 먼 지방 사람임을 알아차린 것이다

그는 죽은 사람이 아니다, 옛 망월동 무덤

파버린 무덤을 왜 찾느냐며 투덜댄다, 망월행 더 어려워진다

그 일로 너무 많은 장례를 치르지 않았는가

나와 택시운전사는 입 속에 악착같이 검은 잎을 매달고

망자들이 돌상여 떠메고 가는 황혼의 벌판 달려야 한다

기형도라는 부제가 달린 내 미발표 졸시 「독재자는 죽어서도 운전을
한다」의 전문을 여기에 인용한 것은 또 다시 그(기형도)를 얘기하려는
게 아니다. 한반도가 지금 전쟁 상황이니 북한이나 남한이나 독재의
피가 흐른다고, 아직도 김수영 때처럼 위험한 발언, 완전한 자유가 없는
나라를 들먹거릴 마음도 없다. 모두 정당방위이니까, 공격도 초토화도
미국도 중국도 일본도 러시아도 정당방위이니까, 정치도 경제도 과학도
종교도 문학도 정당방위이니까, 산문도 정당방위이니까, 시도 정당방위
이니까 죽어나는 것은 각 나라의 백성들이다. 국경이 백성들을 죽인다,
나는 시의 무국적을 논하려는 게 아니다! 각 나라 지도자들과 세계인은

국경을 공동묘지 구획쯤으로 여기는, 대발상의 전환이 필요해서이다. 현실
적으로 불가능하다고? 아니다, 지금부터다! 우리가! 우리 시가, 우리
시인이 먼저! 세계 평화 세력이 먼저! 아 우리 평화의 시가 먼저! 먼저!
먼저!

> 우주의 하얀 비석이여
>
> 하얀 별은 하얀 비석인지 모른다
>
> **백비여 백비여**

  나는 이른바 시소설 —— 물론 이것도 시이지만 —— 인 시설^{詩說}이라는
걸 썼는데 앞의 인용시 「하얀 별」이 나온다. 하얀 별은 그녀이다. 그녀는
누구인가? 그녀는 우주 여자이고, 사람 여자이고, 중생이고, 부처고,
태양이고, 하얀 별이고, 시이다. 태양의 수명 100억 년에 이미 50억
년을 살고 50억 년이 남았다. 수소(H)가 타서 헬륨(He)으로 계속 바뀌며
태양의 장례를 치르고 있다. 태양의 장례의 절정은 하얀 별이다! 수소
에너지를 다 써버린 태양은 해쓱하게 하얀 별이 되어간다. 수억 년 동안,
그러나 죽지도 살지도 않고 **중력**만으로 버틴다, 중력만으로! 중력이
무거운 자만이 하얀 별이 될 수 있다, 중력이 무거운 삶을 산 자만이
하얀 별이다!

  나는 고향의 장례를 시로 치렀다, 지구의 장례를 치르고, 우주의 장례를
치렀다. 모두 시로 치렀다. 모두 의도해서 그런 게 아니라 —— 필연인지
모르지만 —— 우연이었다. 구정 때 고향에 갔다가 경악했다! 나도 모르게
아직 파헤치지 않은 공동산을 오르고 있었다. 가파른 묘비 사이를 걸어
눈밭을 헤치고 정상에 올랐다. 아 없었다, 아무것도 없었다! 내가 살던

고향이 없었다! 열두 개 마을이 순식간에 사라진 것이다. —— 전국에 수백 개 마을이 동시다발적으로 사라진 것이다! —— 깨끗이 불도저가 밀어버린 것이다. 그 후에 만난 동네 사람들은 아무도 슬퍼하지 않았다. 고향을 죽이고 보상 받은 돈다발을 세느라 정신이 없었다. 부모가 죽어도 저러지 않는데, 부모보다 부모인 고향이 죽었는데! 그래서 고향의 장례를 나 혼자서라도 치르기로 했다, 아무 힘없는 시인이 시로! 고향의 장례를 지구의 장례를 우주의 장례를 시의 장례를 시로! —— 그게 시집 3권이 될 줄 몰랐다 —— 나는 두 정권을 모두 싫어했다. —— 처음부터 그런 게 아니다! —— 그것은, 국토 균형 발전과 4대강사업이라는 머저리 발상 때문만이 아니다. 어디 생명을 훼손한 나라가 성공한 적이 있는가. 두 정권은 좌우의 욕망에 불과하다, 욕망에는 좌우가 없다!(내 졸시 「白碑」의 구절)

여기에서 우리는 융합적 사고를 고민하지 않을 수 없다, 그것도 시의 융합적 사고를! 시의 융합이란 무엇인가? 먼저 융합의 올바른 뜻을 알아야 한다, 그게 순서다. 원래 융합은 우주적인 용어이다. 별이 생길 때 융합이 일어난다. **핵융합!** 별의 핵융합! 핵분열은 인간이 일으키지만 핵융합은 우주가 만든다! 우리는 우주에게서 배워야 한다, 별을 만드는 기술을! 우주에서 가장 아름다운 기술을! 아름다운 시의 기술을 배워야 한다. 별은 중성자의 핵융합으로 만들어진다. 400만 도 이상의 초고온에서, 나는 그것을 내가 없는 온도라 했다. 누가 그 온도에서 '내'가 있겠는가. 좌우가 있겠는가. 좌우는 사라져 별이 될 것이다, 꼭 그렇게 될 것이다! 너무 많은 고통, 피 흘림, 시련이 필요했는지 모른다. 결국 마음의 별로 돌아와야 한다. 우리 마음은 대우주여서 수억만의 별이 생기고 사라진다. 우주가 생길 때 수억조 도의 극초고온이 필요했듯이 마음 없는 마음이 필요했듯이 고통 없는 고통이 필요했듯이 우주적 서사는 결국 우주의 사랑인지 모른다. 우주 어머니 중력이 38만 년의 산고의 고통을 견디고 빛(별)이라는 아름다운 아기를 낳았듯이 그것은 결국 우리 마음의 대우주에서 생긴 일! 모두 우주 서정이다, 과학자들이 남극에서 20년을 우주를 연구하다, 우주 여자의 튼 배——우주 여자가 임신하고, 배가 불러 아기(빛)를 낳고 생긴 튼 배——를 확인하고 함성을 지른 것도 모두 우주 서정이다! 별의 장례와 별의 혼례는 하나이니까, 시의 장례와 시의 혼례는 하나이니까, 모두 하나이니까! 내가 없는 온도가 시의 온도다. 내가 없어도 나는 있기에 걱정할 것 없다, 모두 별이기에, 모두 시별이기에!

> 게임생, 너를 불러본다
> 고독사한 늙은 계절이 왔다 간다
> 우리는 늙지 않아 괴롭구나
> 너는 좋으냐
> 죽은 지 몇 달이 되어 구더기가 나오는
> 입을 깁는 생,
> 창밖에는 여전히
> 게임의 방을 엿보느라 죽음의 계절이 기웃거리고

아직 미완의 내 졸시 「게임광 1」이란 시이지만, 요즘 고독사가, 사람 많은 세상에서 고독사가 일어난다. 아주 많이 일어나고, 아주 더 많이 일어날 것이다. 모든 인간은 스스로 장례를 치르는지 모른다. 제가 제 장례를 치르고 제가 제 무덤의 묘지기를 한다. 그것은 인간의 숙명인가, 나는 도시의 묘지기가 되어 빌딩의 비석을 둘러보고 도심의 묘지공원을 둘러보다 비석 같은 원효의 동상에 이르기도 한다. 거기에 비문 한 구절이 눈에 박힌다! "제 뜻에 가려 어둡지 않고" 나 역시 시의 융합을 말하지만 내 뜻에만 가려 어두운지 모른다. 비트겐슈타인의 말처럼 언어의 맹목성에 가려 나는 시의 맹인인지 모른다. 시의 광인, 시의 맹인 모두 하나인가. 아아 시의 울음, 시의 죽음, 시의 고독이여.

서정의 반성 8

돌아온 시집

니가 돌도 되기 전의 일인데, 니가 성장하여
내게 돌아 왔구나 아직 핏덩이인 채로
꽃 피는 아픔도 모르고 그해 여름 우린
길가 먼지 풀풀 날리는 낡은 집에서 살았다
니 엄마와 나와 셋이서 니가 돌도 되기 전
젊은 신혼부부는 아카시아 흰 꽃처럼 살았다
꽃 시절은 꽃 시절을 모른다, 그 시절
그 낡은 집 골방에서 여름 내내 보았던 시집처럼
꽃 피는 시집처럼 니가 돌아왔구나
니 시도 꽃 필까, 니가 꽃이라면
니 집은 없지만 그해 여름 내내

우린 낡은 집에서 살았다

니 기억에는 없고 내 기억에만 있는 집

꽃 시절인지 모르고 니 기억에만 있고

내 기억에는 없는 시집

—「낡은 집−돌아온 시집」 전문

내가 이 시를 왜 썼는지 나만이 안다. 아니 적어도 둘은 안다. 그때 둘은 신혼부부였고, 아직 살아있는 자이기 때문에 둘은 이 시의 내용을 안다. "돌도 되기 전의 일"을 겪은 아기는 기억을 못하기에 전혀 내용을 모른다. 전혀 기억을 못하는 아기는 24년 만에 내게 돌아온 시집, 이성복의 『그 여름의 끝』이다.

나는 그때 낡은 집에서 살았다. 어느 시골 "길가 먼지 풀풀 날리는 낡은 집"에서 신혼부부는 살았다. 나는 아직 학생이었고, 그해 봄—일 년 전—에 태어난 아기와 순박한 아내와 셋이서 멋모르고 시골의 빈집에 세 들어 살았다. 나는 거기서, 생닭 몇 마리와 막걸리 한 말이 전부였지만 아기의 인형 선물을 수십 개나 받은 지상에서 가장 행복한 아기의 돌잔치를 했다. 또 그해 겨울 거기서 등단이란 걸 했다. 그해 봄과 그해 겨울 사이에 그해 여름이 있다.

그해 여름은 유난히 무더웠다. 낡은 기왓장을 다 태울 것 같은 폭염, 대문 밖 길가에서 차가 지날 때마다 풀풀 날리는 먼지, 학생들이 다 떠난 시골 대학의 황량함, 김수영의 시처럼 "혁명은 안 되고" "방만 바꾸어버"린, 고향집에도 못 돌아간 가난한 자취생들 몇이 비루먹은 개 모양 이따금 먼짓길을 오가는, 그 낡은 집이 있는 풍경. 그 집은 ㅁ자 모양인데 안채는 비어있고 한쪽은 헛간, 건너편 한쪽은 내 젊은 아내가 사는 신혼부부 방, 대문 옆 머슴방, 그 골방이 내가 기거하는 곳이다.

그해 여름 나는 낡은 집 골방에서 이성복을 읽었다. 이미 군대에서 ──작은 누이가 부쳐준 김수영 전집과 이성복 시집 ──『뒹구는 돌은 언제 잠 깨는가』를 300번도 넘게 읽었지만 『그 여름의 끝』을 읽고 또 읽었다. 나는 그때 이성복의 시를 잘 몰랐기에 여전히 겉멋만 부리고, 그래도 때로 진지하게 읽고, 시 곳곳에 밑줄을 긋거나, 의문부호를 그리거나 메모를 했다. 그의 시는 전혀 이국적이지도 한국적이지도 않다는 둥, 예술적 경지는 초현실주의의 자동기술만으로 되지 않는다는 둥, 만해 한용운의 연애시나 경어체 역설, 님의 상징을 베꼈다는 둥, 그의 상징인 당신, 어머니는 성모마리아에 가까운 ──박철화의 해설대로── 대모신이긴 하지만, 아직 '당신'은 이성복의 당신이지 우리의 당신이 아니어서 정교하지 않은 그릇, 너무 단순하지 않은가, 라고 문청의 나는 자꾸 밑줄을 긋고 있었다. 기형도 ──기형도 시집이 한 해 전에 나왔다, 그 아기가 태어난 해. ──가 사死의 반쪽이라면 이성복은 무엇의 반쪽? 너무 매혹적인 시이지만 여전히 온몸을 던진 시의 광기에 이르렀는지 의문이 가는, 시의 혼례는 시의 생사의 혼례라는 나의 생각이 끝내 미치고, 그 여름은 끝이 보이지 않았기에, 나는 절망을 모르고, 겁 없이 시를 꿈꾸는 스물넷 청년이었다. 그 여름은 끝나지 않았다, 그 시집은 스물네 살이 되어 다시 돌아왔다, 바로 여기에. 이 시집의 숱한 밑줄과 메모들이 지워지지 않는 상처의 글자처럼.

그해 여름 신혼부부는 어찌 되었을까, 아무튼 갓난아기는 스물넷 청년이 되어 내게 돌아왔다. 낡은 집이 아니라 서울 집으로, 그리 어디를 떠돌다 돌아왔을까. 마포 언덕배기 낡은 집이 철거됐듯 그 집도 철거

된 것일까. 그 신혼부부는 왜 이별하고, 다시 문청시절의 내가 정확히 문청의 나이가 되어 돌아온 것일까. 그 낡은 집 청년은, 돌 지난 아기는 하나였던가. 그 여름의 끝에서.

> 그 여름 나는 폭풍의 한가운데 있었습니다 그 여름 나의 절망은 장난처
> 럼 붉은 꽃들을 매달았지만 여러 차례 폭풍에도 쓰러지지 않았습니다
>
> 넘어지면 매달리고 타올라 불을 뿜는 나무 백일홍 억센 꽃들이 두어
> 평 좁은 마당을 피로 덮을 때, 장난처럼 나의 절망은 끝났습니다
>
> —「그 여름의 끝」 부분

그해 봄이 끝나고 그해 여름이 끝나가는, 1980년대가 끝나고 —— 이미 기형도의 시집 『입 속의 검은 잎』이 강타한 —— 1990년대가 시작되는 또 다른 죽음의 시대가 시작 되는 끝을 이성복은 보았는지 모른다. 광주 망월동은 무등산 뒤편에 있고, 또 무덤들의 산 하나를 넘으면 거대한 수백 년 된 배롱나무 군락이 나오는데 그것을 황지우는 시로 썼고, 그것을 멀리서 이성복은 시로 썼다. 너무 가까워 안 보이던 풍경을, —— 배롱나무 억센 근육과 세포 하나하나까지를 —— 붉은 사람의 꽃을 이성복은 본 것이다. 그 시대는 말을 잃고 언어는 말을 잃고 시는 말을 잃고 '그 여름의 끝'을 견디어야 했다. 그 시대는 죽었는가, 모든 언어는 죽었는가, 아아 시는 죽었는가, 그 여름의 무더위가 고사시키지 못한 꽃나무를 다시 한 번 "폭풍"이 강타해도 "붉은 꽃들"은 "쓰러지지 않"고, 배롱나무 라고도 불리는 "백일홍 억센 꽃들이" "피로 덮을 때"까지 시인은 끝과 시작을 예리하게 바라보며 시대와 시를 "절망"하였는지 모른다.

그러나 나는 여전히 골방에서 갇혀 지냈다. 그 청년이 돌아와서 컴퓨터 화면에 그림을 그리고, 나는 시를 쓰고, 그는 무어라 통화를 하고, 나는 잠을 설친다. 옛날의 애비가 그랬던 것처럼 나는 잠을 설친다. 우리 시간은 조금씩 변하지만, 여전히 헤세의 소설처럼 '시간은 없다'는 생각이 드는 것이다. 아예 공간도 없다는 생각이 드는 것이다. 나는 어찌하여 24년 전의 낡은 집에서와 같이 그 여름을 똑같이 겪으며 갓 나온 시집 『그 여름의 끝』을 보고 있는 것일까. 아직 폭풍이 오지 않았기에 "넘어지면 매달리고 타올라 불을 뿜는" 꽃처럼 되지 않는 것일까. 그해 여름 신혼부부는 무사하지 않았다. 잠시 평화롭던 한 계절을 제하고는, ── 우리에게 언제 신혼이 있었던가 ── 아직 신혼부부는 혼례를 치르지 않았기에 모든 게 불안했는지 모른다. 그 혼례가 장례인지도 모르고 혼례를 치르려 했으니, 시의 혼례를!

　시의 혼례를 치르지 않아서일까, 혼례를 치르려 그해 여름은 계속되고 있는 것이다. 오히려 젊은 내가 늙어지고 늙은 내가 젊어진다. 나는 숱하게 시의 혼례를 치르려 했지만 실패했다. 시의 혼례가 가능한가? 이런 의구심이 들 때마다 이성복을 찾는다. 그의 시에는 무슨 암호나 시의 피눈물의 직설이 없는 대신 시의 역설을 그만큼 잘 어루만지는 시인도 없기에. 카프카나 이성복 등의 영향을 받은 기형도가 죽음을 중심에 놓고 삶을 그렸다면, 그는 시대를 중심에 놓고 삶과 죽음을 동시에 그렸는지 모른다.

　그해 여름처럼, 오늘 24년이 지나 다시 내 골방에서 이성복을 읽는다. 마침내 스물넷 된 청년이 내게 돌아왔고, 그는 그의 골방에서 무언가를 하고 있고, 나는 이성복 시집을 스물네 해 만에 다시 읽는다. 나는 그 청년이 나임을 알고 그가 무슨 그림을 그리고 있다는 걸 안다. 하지만 그는 나를 모를 것이다. 아직 스물넷 청년이기에 제 자신의 "핏덩이"였던 시절을 기억 못하듯 스물네 해가 지난 곱절의 제 인생을 모른다. 내가 그림을 얼마나 사랑하였으며 나도 어느 화가처럼 귓불을 잘라 창녀에게 주고 싶었는지 모른다. 그림을 그리다 까마귀 소리 때문에 권총 자살은 몰라도 마포대교를 왜 숱하게 거닐었는지 모른다. 그래서 스무 해가 넘게 숱한 전시회를 떠돌다 결국 그 화가의 어느 그림 앞에서 그림에도 생로병사가 있구나, 망연자실 중얼거리다 웃는데, 왜 웃는지 그는 아직 모른다.

『그 여름의 끝』에서 「꽃피는 시절」을 읽는다. "멀리 있어도 나는 당신을 압니다"로 시작되는 이 시는 "실핏줄 터지고" "내 눈, 내 귀, 거덜난 몸뚱이 갈갈이 찢어지"며 꽃이 핀다는 걸 끈질기게 보여준다. 지구의 꽃은 쉬이 피지 않는다. ── 우주의 137억 년을 기다렸는지는 몰라도 ── 지구의 "흙더미"에서 "고개"를 내밀기 위해 계절을 견뎌 왔다. 갈 봄 여름, 지금 우주는 가을이라는데 지구에도 꽃이 질까, 사라지지 않고 모진 겨울을 견디고 또 봄을 맞을까. 나는 모르지만 "꽃 시절은 꽃 시절을 모른다"는 것이다. 그러니 청춘은 꽃을 모른다. 꽃을 알면 청춘이 아니고, 꽃이 아니어서 청춘이다. 꽃 피기 전이 청춘이지 꽃 피면 청춘이 아니다, 그래서 청춘은 모르는 형벌이다! 숱하게 "당신을 보"내야 하고 "굳은 살가죽에 불 댕길 일 막막"하고 "내 안에 있"는 "당신을 어떻게 보내드려야 할지 모"른다. "조막만한 손으로 뻣센 내 가슴 쥐어뜯으며 발 구르는 당신" 그래서 청춘은 다시 모르는 형벌이다.

그해 여름 ── 지금도 그해 여름이다 ── 나는 이성복의 최근 시집 『래여애반다라』를 본다. 거기서 「뷔히너 문학전집」이라는 시를 본다. 눈에 확 띄는 시! 시는 젊은 장르인가? 늙은 장르인가? 이 시를 보면 아직 이성복은 젊은 시인이다, 시는 항시 젊은 장르이고, 시는 현대성을 가질 때 위대한 문학이 된다. 혁명가였고, 젊은 나이에 요절한 뷔히너는 『보이체크』, 『당통의 죽음』 등을 남겼다. 우리 젊은 날 그 여름은 지금의 그 여름이다. 그 여름의 끝은 끝이 아니라 시작이어서 항시 그 여름이다. 젊어 죽은 자는 가을이 오지 않는다. 가을이 오지 않는, 한 두어 계절만 살다간 뜨겁고 차가운 죽음.

> 한 번은 뷔히너가 그렇게 읽고 싶었다 그토록 좋아했던 한 문장, "그는 머리로 걸었다" 뭐 그런 뜻의 문장, 오래전에 나는 머리로 걷는 일을 포기했으니까, 그때부터 나는 정말 텅 빈 머리로 걷게 되었으니까 그러던 어느 날 『뷔히너 문학전집』이 번역되었다는 걸 알고, 학교 서점에 주문했 더니 절판이었고, 도서관에 마침 책이 있어 얼마나 기뻤던지⋯⋯ 구내 복사실에서 복사를 뜨고 원본은 학생들 오면 책 만들어 주라고 놓고 왔다 그리고 며칠 뒤 책꽂이를 닦는데, 아 거기 빨간 껍데기의 『뷔히너 문학전집』이 꽂혀 있었다 분명 내가 읽고 밑줄 친 흔적까지 있었으니, 십 수 년 전 사놓고 아껴 읽다가 까맣게 잊어버린 것이다
>
> ─「뷔히너 문학전집」 부분

스물넷에 요절한 혁명가 뷔히너, 스물넷이라는 나이의 숫자가 이상하게 내게 꽂히는 것은 무슨 까닭이 있어서이다. 학생 운동권이었으나 스물넷에 죽은 내 친구 양진규 ── 그에 관한 시는 내 졸시 「백비白碑」에 있다 ── 모두 스물넷이다. 그때 내 아내의 뱃속에 그 아기가 임신 중이었 고, 그해 여름 낡은 집 골방에서 이성복 시집 『그 여름의 끝』을 읽으며 나는 스물넷을 보냈다, 스물네 해 전! 그리고 무슨무슨 사정으로 십여

년을 나와 이별한 아이가 스물넷 청년이 되어 돌아왔다, 돌아온 시집처럼, 돌아온 시처럼!

뷔히너는 "머리로 걸었"기에 "그는 머리로 걸었다"라고 쓸 수 있었는지 모른다. 머리로 걸을 수 있는 자는 젊은 자이다. 머리로 걸을 수 있는 자는 지식인이요, 젊은 혁명가이다. 머리가 잿빛이 되어 가면, 반백이 되어 가면 머리로 걷기 힘드니까 청춘이여 머리로 걸어라, "뭐 그런 뜻"도 있겠지만 이미 죽음이 두려운 자는 머리로 걷지 못한다. 날카로운 지성 없이 다리로만 날뛰고, 여름 날 수박통처럼 머리로만 뒹구는 자들은 절망한다, 절망만 한다. 그래서 "그는 머리로 걸었다".

아 그런데 문제는 밑줄이다. 원본은 없다고, 밑줄은 긋지 마라는 말도 있지만 문제는 이미 그은 밑줄이다. "내가 읽고 밑줄 친 흔적"이다. 머리에 긋는 밑줄이다, 가슴에 긋는 밑줄이다, 온몸에 긋는 밑줄이다. 이미 그은 삶의 밑줄은 지울 수 없다, 그러나 우리에게 그어진 죽음의 밑줄만을 지울 뿐이다. 스물네 해 동안, 스물네 해 갑절 동안 머리에, 가슴에, 온몸에, 온통 밑줄!

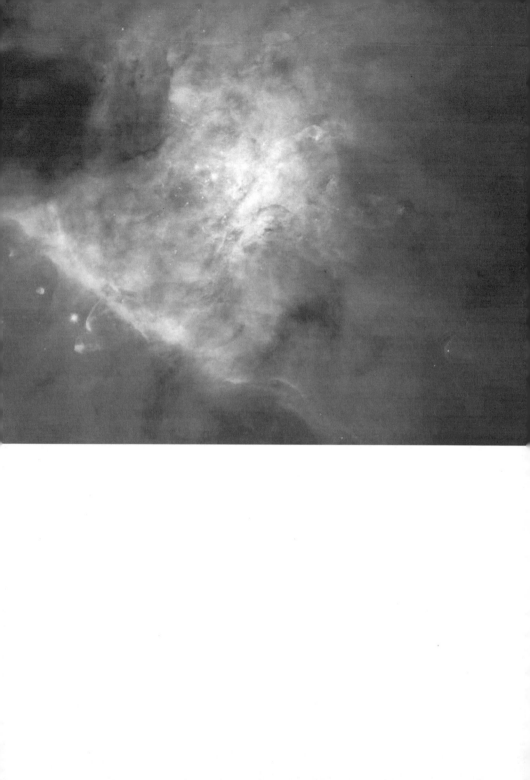

서정의 반성 9

우주의 무의미

그 우주론 과학자가 말했다.

"우주는 무의미에 가깝지요."

"137억 년 우주의 진화는 너무 단순해요, 시공의 춤이요, 원소의 춤이지요, 모두 춤이에요!"

"저는 발톱을 깎을 때 신문 보기가 민망합니다. 인물 사진이 너무 많아 발톱을 못 버려요. 사실 우주에는 사람이 거의 없거든요. 머리가 없으면 못 살 것 같지만, 우주에는 머리가 없어도 살아요. 머리통을 잘라버리면 몸으로 살아요!"

"은하가 은하를 삼키는데, 더 큰 은하가 은하를 삼키지요. 우주는 인정머리가 없어요. 그러면서 비슷한 은하, 별끼리 조화롭죠."

"우주는 모형에 불과하다는 모형우주론이 있어요. 그럼 허상? 그럴 수 있지요! 그러나……"

그 학교 무덤의 비석을 바라보며 그 우주론 과학자의 강연을 나는 들었다. 칠판에 2시간째 적은 빼곡한 수학 공식과 그 우주 상수 미분 적분과 이따금 시적으로 말하는 사무치게, 사무치게라는 말을 귀로 흘리며 우주 비석을 생각했다. 우주에 비석이 있다면 비문은 무엇일까, 우주 언어는 가능할까, 모든 언어는 검은 언어여서 블랙홀일까, 모든 언어는 하얀 언어여서 하얀 별일까. 나는 우주론 과학자의 사무치게라는 말이 반복되는 동안 문득 깨달았다. 아 모두 종교를 만들려 하는구나, 1인 종교 시대라 하더니 뇌 과학은 또 다른 현대 종교를 만드는구나. 우주는 너무 광활해 통합할 수 없으니, 아무도 죽음을 모르니 우주의 비문을 읽은 자 없고──우주의 비석이 있는지 모르고──모두 각 분야 전문가 염장이가 되어 염을 하고 무덤을 만들고 비석을 세우는구나. 그게 공동묘 지가 되면 그 옆에 사원이나 성당을 세우겠지.

문제는 순교자가 얼마나 있느냐인데 우주는 얼마나 많은 순교를 바라 는 것일까. 아니면 순교에는 관심조차 없는 것일까. 별이 별을 삼키고 은하가 은하를 삼키면 나타나는 반작용일까. 저항이 순교가 아니라면 모든 게 섭리일까. 아니다, 어느 시인의 말마따나 '모든', '완전한', '진실한' 등 일련의 형용사들의 간계를 조심해야 한다. 우주의 4%도 모르는── 얼마나 모르는지도 모르는──인간이 어찌 모든 우주를 말할 수 있으며, 보르헤스의 알렙처럼 지구와 우주구를 동시에 볼 수 있는 것일까. 우리가 우주적 의심보다 우주적 믿음을 조심할 때일까. 우주적 믿음보다 우주적 의심을 조심할 때일까. 어느 한 쪽의 단정을 더 조심할 때일까.

내용 없는 아름다움처럼

가난한 아희에게 온
서양 나라에서 온
아름다운 크리스마스 카드처럼

어린 羊들의 등성이에 반짝이는
진눈깨비처럼

　김종삼의 「북치는 소년」 전문인데 이 시를 보면 "크리스마스 카드"가
유행하던 그 시절이 보인다. 우리 어릴 적 고향에 대한 노스텔지어는
물론이고, 첫 구절 "내용 없는 아름다움"의 내용을 수없이 보게 되는
것이다. 한국시에 최초로 순수시의 정점에 오르게 한 시, 무심한 듯
보이는 이 시는 전혀 서양적이지 않고, 향토적이고 민족적이다. 왜일까,
그의 다른 시 —— 그는 평양에서 어린 시절을 보냈고, 성당에 다녔다
—— 「뾰죽집」에서도 나오듯 교회나 성당, 선교사의 집 등이라 여겨지는
"장난감 같은 뾰죽집"은 동화 같다. 동화에는 동서양이 없다. 어린 아이의
무의식에 각인된 풍경은 '의미 없음으로' 평생 간다. 우리 근대 도회지나
시골 풍경 그대로가 "내용 없는" 풍경으로 다가온다. 가난한 어린 시절과
가난한 어른은 다르다. 이미 가난의 의미를 알아버린 어른은 의미를
모르던 가난을 추억하는지 모른다. 우리가 겪은 가장 아름다운 "내용"
중 하나는 "내용 없"음에 있는 것이다. 김춘수의 무의미와 김수영의
의미 논쟁 —— 무의미 속에 의미가 있고 의미 속에 무의미가 있다는
—— 도 옛것이 되었지만, 어느 우주론 과학자가 제기한 '무의미 우주론'은

다분히 종교적이며 시적이다. 지구는 70억 인구로 바글대지만 우주의 일로 보면 무의미에 가깝다.

우주는 하나의 거대한 음악인지 모른다. 우주 탄생조차 음악의 서곡인지 모른다. 어느 광인 음악가가 우주 공동묘지 무덤의 건반을 두드리자 암흑의 무덤에서 별이 탄생했는지 모른다. 별은 반짝이지만 아무 의미 없음으로 빛난다. 보라, 밤하늘 음악이 거기에 무슨 의미가 있는가. 별이 빛나는 밤의 고흐가 별의 음악을 들었고, 가난한 사람들이 별의 음악을 듣는다. 거기에 비해 지상의 불빛은 의미(욕망)의 불빛이다. 더군다나 도회지의 빌딩 그 불빛에는 그림자가 크게 생겨 사람들이 어둡다. 누군가는 도시가 정전이 되어야 밤하늘 별빛이 보인다 했지만, 이미 재앙으로 의미를 알아버린 별빛은 죽은 별에서 흘러온 빛이다. 지상에는 사람, 하늘엔 별, 모두 소용돌이치며 흐른다. 모두 서로를 끌어당기는 음악이어서 아프지만 황홀하다. 모든 음악은 황홀하다. 아파도 황홀하고 기뻐도 황홀하고 슬퍼도 황홀하다. 우리는 음악에서 왔다 음악으로 가는지 모른다.

> 바로크 시대 음악들을 들을 때마다
> 팔레스트리나를 들을 때마다
> 그 시대 풍경 다가올 때마다
> 하늘나라 다가올 때마다
> 맑은 물가 다가올 때마다
> 라산스카
> 나 지은 죄 많아
> 죽어서도

영혼이

없으리

　한 생을 음악에 미쳐 살다간 김종삼의 시 「라산스카」이다. 조반니 팔레스티나의 미사곡은 바로크 시대 음악이고, 라산스카는 뉴욕 출신 소프라노 가수—생전에 그에게 라산스카가 누구냐고 물으면 "안 가르쳐 줘요, 밑천을 왜 드러내? 그걸로 또 장사할 건데"라고 했다 한다. —라는 걸 이제 알았지만 여전히 그의 시세계는 무의미를 추구하는 음악처럼 무의미해서 "영혼"마저 "없으"려 한다. 시의 문맥을 알고 보면 시가 어렵지는 않지만, 서양 음악을 알고 나면 역시 그의 시가 어렵지는 않지만 그보다도 전쟁과 가난의 시기를 겪으면서도 맑은 영혼의 음악을 가진 시인을 우리는 도저히 어찌해볼 수 없는 것이다. 그래서 음악의 원형질인 무의미는 위대하다, 모든 무의미는 위대하다! 그것은 가장 우주적인 우주의 이야기가 아닌가, 위대한 무의미 시의 승리 아닌가, 그래서 무의미 하지 않은 무의미! 그가 "음악이라고 다 좋은 것은 아니다"라고 했듯이 '가짜 무의미'도 있지 않을까. 죽음의 체험 없는 무의미 말이다. 그가 모차르트와 바흐와 드뷔시와 구스타프 말러의 곡을 좋아한 것은 '죽음의 무의미'를 안고 산 가난하고 병든 시인이어서 그랬는지 모른다. "나 지은 죄 많"다고 고백하는 것도 "하늘나라" "맑은 물가"를 그리는 것도 종교적이지만, 꼭 종교적인 시로만 볼 수 없는 것은 그가 종교에 갇히지 않은 잡시로서의 시인이기 때문이다.

　여주를 좋아한 그 여자 시골보다 도시에 어울린 그 여자

　병신 같은 남자와 살며 백지장 같은 아이를 낳고

검불로 어딘가로 사라진 그 여자
여주는 꼭 노란 석류
아니 속이 빨간 알맹이는 그녀
웃는 목젖보다 깊은 곳
보석보다 신비스런
나의 어릴 적
성당.

　내 졸시 「여주」란 시인데, 내 어릴 적 풍경이 그려진다. 거기에는
나만 아는 비밀(성당)——김종삼 「북치는 소년」의 "아름다운 크리스마
스 카드"에나 나올 법한 성당——이 있다. 프루스트의 『잃어버린 시간을
찾아서』처럼 어느 날 문득 여주가 생각났다. 울퉁불퉁 못생긴 두터운
오이 같기도 하고, 노랗게 익으면 쩍, 속이 빨간 구슬들이 쏟아지는
석류 같기도 한 과일(채소).

　그 여주를 성당 마당에 가지고 와서 먹던 화사한 그녀가 있었다.
시골 촌구석에 어울리지 않는 도회지풍의 젊은 그녀, 병신 남자와 사는
그녀, 백치 아이를 낳은 그녀, 여주를 먹으며 여주의 홍보석같이 웃는
그녀, "보석보다 신비스런" 그녀, 성모 마리아보다 내게는 더 성모 같은
그녀, 그러나 남편과 아이를 버리고 도망간 그녀, 지금은 헐려서 사라진
성당 같은 그녀, 혁신도시에 떠밀려 사라진 고향의 장례를 치르는 그녀,
제 자신은 막상 장례미사조차 드리지 못하고 허물어진 성당 같은 그녀,
지금은 반쪽만 남은 마을에서 다른 반쪽 마을을 보며 여전히 웃고 있는
그녀, 내게 "웃는 목젖보다 깊은 곳"에 성스런 "성당"이 있다는 걸 보여준
그녀, 내게 최초로 모든 것은 사라진다는 우주적 진실을 알려준 그녀,

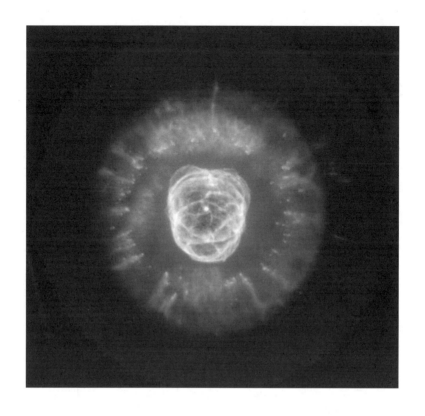

아무도 입을 열지 않으면 성당의 기억은 잊혀진다는 사실을 깨닫게 해준 그녀.

한 장의 엽서같이 사라진 성당의 성당인 그녀, 내가 다닌 성당(공소)은 깊은 산골에 있었다. 주일에만 미사를 보러오던 외국 신부와 수녀들, 병든 시골 사람들, 예수 부활절이면 배꽃이 피던 산골마을, 그 하얀 미사포를 쓰고 미사를 드리던 수많은 여자들, 「북치는 소년」의 "가난한 아희"들에게 성탄절이 오면 노랫말처럼 "저 깊고 깊은 산골 오막살이에도 탄일종이 울리"고 하얀 눈이 내렸다. 그러나 봄눈처럼 사라진 마을,

성당은 지금은 어디에도 없다.

> 물 먹는 소 목덜미에
> 할머니 손이 얹혀졌다
> 이 하루도
> 함께 지났다고
> 서로 발잔등이 부었다고
> 서로 적막하다고

　김종삼의 「墨畵」를 보면 그 혁신도시에 사라진 내 고향이 생각나는 것이다. 이제 다시 볼 수 없는 고향이다. ──전국 수십 개 마을을 불도저가 밀어버렸다. 고향이 죽었는데 아무도 말하는 이가 없다── 거기에는 이중섭, 박수근의 그림처럼 한국적 정서가 배어 있다. 김종삼은 서양 음악과 동양(한국)의 그림을 조화롭게 시로 써냈다. 이 시를 보면 "물 먹는 소 목덜미에" "손이 얹혀"지던 고향 사람들 생각이 나 숨이 턱, 막힌다. "서로 발잔등이 부"어 "서로 적막하다고" 말없이 위로하던, 사람들이 죽어서 살아서 모두 떠나버렸다.

　우주에선 무의미란 말조차 무의미한가. 한 작은 시골 마을이, 작은 성당이 사라지는 게 우주와 무관한 일이 아니라면 시인은 시로써 고향의 장례 지구의 장례 우주의 장례를 치러야 한다. 김종삼의 시 「미사에 참석한 이중섭 씨」처럼 "내가 처음 일으키는 미풍이 되어서 / 내가 불멸의 평화가 되어서" "선량하고 가난한 사람들을 위해" 장례를 치러야 한다. 우주에서 누가 남고, 남길 게 있겠는가. 모두 제 자신의 장례를 제가 치르고 떠나가는지 모른다. 고향을 죽이는, 지구를 죽이는 일은 제 자신의 장례를 제가 치른다는 우주적 자각이 없어 비롯되는지 모른다. 우주적 낭만과 우주적 현실 사이에서 우리는 방랑한다. 보헤미안은 아름답지만 보헤미안일 뿐인가. 아무리 아름다운 방랑도 세월 앞에 낡은 외투를 벗어놓고 떠나야 하는가. 전쟁과 가난을 음악과 시로 견딘 시인 집시, 그가 떠난 자리에 땀 절은 등산모 하나가 놓여있고 술병이 쓰러져 있다.

그 우주론 과학자가 말했다.
"죽음의 단백질이라는 게 있어요."
"그걸 몸에서 내보내면 죽어요."
"빅뱅이요? 우주는 그 후 38만 년 동안 빛과 암흑이 하나였습니다."
"둘이서 한 몸으로, 수프처럼 끓고 있었죠."
"빛의 독립이지요, 대한독립처럼, 빛독립!"
"그 흔적을 발견하느라 극지에서 20년을 보냈지요, 망원경 하나로 어린 왕자처럼."
"'우주 주름'이란 이름으로 남았죠."

서정의 반성 10

시설론 2

감히, 시설이 태어났다 하면 어떨까, 장시가 아니라 산문시가 아니라 시설이 태어났다 하면 어떨까? 시설문학이 생겼다 하면 어떨까! 새로운 장르는 비단 형식의 문제가 아니기에 ── 그게 오랜 강박관념이 아니라면 ── 절실한 내용의 문제로써 형식이기에 감히 묻고자 한다. 한국시가, 한국문학이 한번이라도 세계문학에 시조^{始祖}가 된 적이 있는가? 먼 훗날 내일의 시조라도 될 수 있는가! 나는 등단 무렵 기형도의 「입 속의 검은 잎」의 구절에서 '나'와 '세계'의 죽음 사이가 너무 멀고도 가까워 언어(혀)로밖에 죽을 수 없는 ── 그는 썩지 않는 영원히 방부제의 죽음이기에 ── 시에 전율했고, 요즘 황병승의 『육체쇼 전집』의 「내일은 프로」라는 시에서 "실패할 수밖에 없는 육체"로써 시의 육체를 본다. 미래파의 '실패의 승리'를 보지만 여전히 시의 당뇨병처럼, 소갈증처럼 물을 찾고

당분을 찾는 것은 내 시의 육체가—시의 토막 난 시체는 되지 않고!
—아직 젊은 혈기로 '형식의 문제'를 찾는 육체파인 까닭이다. 문태준이
나 장석남 위에 미당이 있고 미당 위에 향가가 있고, 황병승 위에 이상이
있고 이상 위에 또 무엇이 있는가. 기형도의 '검은 잎'은 어디 숨어있는가.
전통과 서구라는 오랜 도식은 보들레르와 랭보, 향가 이전 한자 문화권에
서 숨이 막힌다. 호메로스의 서사시보다 1천5백 년 앞섰다는 『길가메시
서사시』에는 이르지 못하고, 단테의 『신곡』이나 괴테의 『파우스트』로
내려와서도 세계문학의 문턱에 걸린다. 조선시대 한글은 인류 언어와
살을 섞어온 이래 제 자식나운 자식을 낳았는가. 고은의 『만인보』는 과연
서구와 동방(중국·일본)을 극복하고 유럽 독일 릴케의 『두이노의 비가』
를 넘어 미당의 「상가수의 소리」처럼 "이승과 저승에 두루 뻗쳤"는가.
  이제 지구문학을 넘어 우주문학이라 하면 어떨까, 인생 백 년으로
우리 상처는 치유되지 않기에! 인류 일만 년의 문명을 이야기하며 인간이
치유될 것 같지 않다는 어느 천문학자의 말마따나 우리 나이 138억
살이라면 어떨까. 우리는 137억, 138억 살 우주적 나이, 이제 우주적
자부심이 필요할 때, 우주적 치유가 필요할 때이다.

  우리 사랑에도 보가 있나, 보를 터트려야 물이 흐르지—우주 여자에
  게 별의 씨가 뿌려지고 오랜 임신기간, 그 고통 우주 얼룩으로 남았다.
  우주 태아 빛이 되기 전 어머니 중력과 하나였다, 중력에서 빛이 달아나느
  라 각축전 벌였다. 오 환한 빛보 터트려 우주가 생겼다, 오오 그 환한
  기록이 우주의 비석이다!

  이미 나는 죽은 자인 것이다, 상복 입은 여자는 내 여자인 것이다.

광녀여, 우주의 광녀여! 별이여 하얀 별이여 내 시즙詩汁을 받아 마셔라! 오 사람 여자 38주 임신기간 ── 우주 여자 **38만년 임신기간** 오오 사태死胎도 있다지 ── 다행히 낙태落胎하지 않고 어머니가 되었군.

모든 고백은 제 자신에게 하는 것이기에 ── 제 앞에 죽은 그를 앉혀 놓고 ── 그녀는 그 시인에게 얘기를 들려주는 것이다. 아무도 없는 데 홀로 상복 입은 그녀는 끝없이 중얼거린다. 내 입을 빌려 숱한 입을 빌려 모든 고백은 제 자신에게 하는 것이기에 이미 죽은 자의 입을 빌렸군.

그녀의 독백은 해쓱하게 지쳐간다, 모든 장례와 함께! 모든 별은 그녀 자신이 그린 것이다. 모든 무덤은 그녀 자신이 그린 것이다 ── 내 마음이 별을 그려낸다. 상복 입은 그녀는 내 여자인 것이다. 그녀는 별의 공동묘지 묘지기 하얀 별, 그녀는 시의 공동묘지 묘지기인 것이다.

내 졸시 「하얀 별」의 일부인데 어찌하여 나는 이런 시를 쓰게 되었을까, 처음부터 의도하지 않았기에 나도 모르지만 우리 무의식 속에 ── 우주 무의식 속에 ── 흐르는 무엇이 있지 않았을까, 그러면서 또 그 천문학자의 말을 떠올려보는 것이다. 이른바 빅 히스토리라는, 우주적 도도한 흐름 말이다. 그 우주적 흐름과 일치하는 우리 인생의, 우주생의 도도한 흐름까지를! 오히려 혼돈의 질서로 빛나는 이 도도한 별의 흐름들, 별의 시를!

간절한 의지가 우주를 관통한다, 도도한 흐름의 관점에서 봤을 때, 간절한 대상이 뭔가 가치가 있어야 한다는 천문학자의 말을 시에게 되돌려주고 싶진 않다. 시는 과학보다 의심이 많기에 역설과 광기가 동시에 필요한지도 모른다. 제 자신도 모르는 도도한 예술적 광기! 그것 역시 우주의 일인지 모르지만 나도 미쳐서 『하얀 별』을 썼던가? 사나흘이 든 석 삼 년이든 삼십 년이든 시간이 중요한 게 아니라 단 몇 초도 아닌 순간에 시는 써지는 것이다! 아니 시에 의해 시인이 쓰이는 것이다!

우주는 사람과 똑같고, 사람은 우주와 똑같다는 말은 누구나 할 수 있는 것이다. 그러나 문제는 어느 과학자도 인문학자도 예술가도 종교가 도 우주적 사유 —— 통합적 사유라는 말을 하지만 —— 를 못하고 있다. 조지 스무트와 키 데이비슨이 쓴 『우주의 역사』를 보면 스티븐 호킹의 찬사로부터 시작된다. "조지 스무트 교수가 30여 년 만에 드디어 찾은 우주 탄생의 비밀을 여는 열쇠가 될 '시간의 주름', 곧 우주 기원의 '씨앗' —— 그것은 금세기의 과학적 발견이다."

우주 탄생의 비밀에 한 발 더 다가선, '우주론의 성배'라 불리는 우주 형성 과정에 대한 의문에 한 발 더 다가선, 진즉 과학계에는 알려진 사무치는 이 말을 인문학계 예술계에선 아무도 주목하지 않고 있다. 우주 빅뱅 이후 어둠과 빛이 한 몸으로 뒹굴고 있었다 —— 수프처럼 반죽처럼 끓고 있었다 —— 는 사실을 모르고, 38만 년이 지나 비로소 암흑에서 빛이 탈출하여 독립한 사실을 모르고, 우주 중력에서 빛이 태어남을 모르고, 그 흔적을 발견하기 위해 수십 년을 스무트란 과학자가 극지에서 고생한 사실을 모르고, 그 위대한 발견으로 과학계가 기립 박수를 치며 "시간의 주름"이라 명명한 사실을 우리는 모른다. 나는 그 우주 주름에 대해 말하려는 게 아니다. 나도 우주론은 문외한이어서 —— 삼십 년 동안 들여다봐도 —— 별로 할 말이 없지만, 전혀 의도하지 않았는데 어느 날 스치듯 이런 시가 써진 것이다.

"사람 여자 38주 임신기간" "우주 여자 38만 년 임신기간"의 일치를,
나는 모른다. 나도 모르게 쓴 시를 알 리 없기에 독자들에게 강요할
생각은 없다. 우주의 도도한 흐름이 인간의 도도한 흐름과 일치하지
않을까, 어느 중요한 데서는 정확히 일치하지 않을까, 하는 우연히 스치는
질문이 제가 제 자신에게 하는 고백의 형식으로 나타났을 뿐이다. 우주
여자는 38만 년 동안 빛이라는 자식을 배고 견디었다, **우주의 잉태와
출산!** 그 고통의 환희 우주 얼룩으로 남았기에 스무트라는 과학자가
발견한 것이다. 나 같은 어리석은 시인이 보기에 그것은 어머니가 아기를
낳는 것과 별반 다르지가 않았다. 우주 어머니 중력 —— 우주 어머니
암흑 —— 은 빛의 자식을 낳느라 끙끙거렸고, 배가 불러 아기를 낳고,
여자들에게 생기는 튼 배와 튼 다리, 튼 몸을 가져 우주 주름을 남긴
것이다. 우리 인류는 놀랍게도 137억 살이 되어 우리를 낳은 우주 어머니
튼 배를 발견한 것이다.

  우주는 빅뱅을 일으킨 후 일정 기간 동안 상상할 수 없을 정도의
높은 온도에서 물질과 복사가 마치 수프처럼 한데 섞여 있었다. 약 30만
년이 지나자 우주의 팽창으로 점차 온도가 떨어졌고, 우주 공간을 자유롭
게 날아다니던 전자는 에너지를 잃고 원자핵과 결합하여 원자를 형성하
게 되었다. 따라서 그때까지 플라스마 상태를 이루고 있던 원자핵과
전자구름에 가려 불투명한 상태였던 우주는 화창한 봄날처럼 개게 되었
다. 이때 투명해진 우주에서 비로소 복사가 빠져나올 수 있게 되었다.
이 복사는 저자의 표현을 빌리면, 당시(우주 탄생 30만 년 후)의 물질의
상태를 우리에게 알려주는 "스냅 사진"이다. 스무트 교수는 우주 탄생
30만 년 후에 나온 복사에서 미세하지만 분명한 온도 편차를 발견했던

것이다. 그 온도 편차는 당시 밀도 차이에 의해서 나타난 공간의 비틀림이 우주 배경 복사에 각인된 것이다. 그 밀도 차이가 오늘날 우리가 살고 있는 우주의 항성, 은하 등이 만들어질 수 있었던 작은 씨앗이었다.

그는 ── 위의 표사 부분에서도 알 수 있듯이 ── 이론 물리학자가 아니라 실험 물리학자이다. 나는 인문학자가 아니라 시인이다. 그는 온갖 실험을 통해 우주의 스냅 사진을 찍었고, 나는 온갖 실험을 통해 시를 썼다. 나는 우주 여자 임산부 아기를 밴 초음파 사진을 찍었다. 나는 너무 무모했는지 모른다. 내 시는 너무 무모했는지 모른다. 나는 모르겠다, 모르겠다, 모르겠다는 마음으로 시를 썼다. 아무것도 모르는 내가 우주생과 인생이 무에 다르랴는 마음이 우주의 시설^{詩說}을 쓰게 했는지 모른다.

이젠 시에 있어서 이미지 혁명이 필요하다. 이미지만으로 이야기가 가능한가, 이미지만으로 이야기가 가능하다, 이미지는 이야기다! 우주 저 너머까지 들여다보는 눈, 우주눈이여! 우주의 시, 우주의 시설이여!

우주의 시설은 향가에도 있고, 고려가요에도 있고, 가사에도 있다. 「제망매가」의 생사의 우주관이나 「가시리」의 이별의 정한이나 「청산별곡」, 「관동별곡」의 서로 다르며 같은 ── 자연의 설움과 찬송이 하나인 ── 자연관 속에 스며들어 내용과 형식을 이룬 것이다. 이제 그 내용도 내용이려니와 형식도 중요하다. 우리 바뀌지 않는 요즘의 서정시 내용 중심주의로 볼 때 형식이 중요하다. 우리 전통이 언제 형식을 중요하게 여기지 않았던가. 형식이 바뀌어야 내용이 바뀐, 형식은 내용이다! "얄리얄리 얄라셩 얄라리 얄라"나 "아으 동동다리" 등의 후렴구가 왜 필요한지 알아야 한다. 요즘에 맞는 후렴구가 왜 필요한지 알아야 한다.

그 무의미의 소리가 얼마나 사무치는지를 알아야 한다. 가사를 잇되 더 깊고 넓은 우주적 시설(시소설)이 왜 필요한지 알아야 한다. 그래서 「청산별곡」이 구전되어 왔듯이 누구나 쉽게 노래할 수 있는 시설이 나와야 한다. 그것은 짧고 긴 길이에도 상관없다. 시나 시조를 쓰는 사람도 수필이나 희곡을 쓰는 사람도 소설이나 시나리오를 쓰는 사람도 쓸 수 있는 시설이어야 한다. 시소설은 시와 소설의 일치를 꿈꾸면서도 전혀 다른 형식이어야 한다. 과거에도 없고 미래에도 없고, 중국의 한시에도 없고, 일본의 하이쿠에도 없고, 서양의 시에도 서사시에도 극시에도 소설에도 없는 —— 해체주의자인 데리다 역시 해탈을 꿈꾸지 않았는가 —— 우리의 내용 형식이어야 한다. 새로운 형식이며 새로운 우주적 장르여야 한다.

얼마 전 미국 뉴욕으로 전시하기 위해 간, 반가사유상을 용산 국립박물관에서 본 적이 있다. 턱을 괴고 그는 무엇을 생각하는가. 시인이여, 한국의 시인이여 턱을 괴고 우리는 무슨 생각을 하는가. 서양의 로댕의 조각은 힘겹고 불행해 보인다고 하는데 반가사유는 행복해 보이는가. 시의 반가사유는 무엇인가. 행불이 하나로 녹아내려 별이 된 우주인가. 우주생과 인생이 다르지 않다면, 우주 여자와 사람 여자 우주 임신 기간과 사람 여자 임신 기간이 다르지 않다면, 저 도저한 우주의 흐름과 —— 너무 거대해 흐름조차 없거나 느낄 수 없는 —— 우리 삶의 흐름이 다르지 않다면 우주는 사람과 똑같고 사람은 우주와 똑같다. 그래서 우주의 반가사유는 여전히 진행형이다. 알 수 없고, 보이지 않고, 변화무쌍한 사람 우주의 마음이 시인지 모른다. 우리 시의 반가사유로, 우주적 사유로, 우주적 미소로, 알 수 없는 시의 미소로……

제3부

살아오라, 가사여
돌아오라, 가요여
응답하라, 시설이여

서정의 반성 11

아, 릴케의 버려진 무덤들!

검은 광녀여, 광녀여
검은 별이여!

우리는 릴케가 말한, 하이데거가 말한 형이상의 전 존재를 이제 달리 생각해야 할지도 모른다. 릴케가 『말테의 수기』에서 말한 체험의 성숙은 개인만이 아니라 인류 전체의 정신적 물질적 성숙에도 해당되는 말이며, 우리 시인이 우주론 시대에 살고 있기 때문이다.

우리는 언젠가 부정되어야 할 언어의 집을 짓고 있는지 모른다. 나도, 당신도, 당신들도, 지구밖에 보지 못하는 지구인들이니까. 비트겐슈타인은 모르는 것은 침묵하라 했지만, 릴케도 하이데거도 우주의 수많은 존재들이 들려주는 말을 받아 적었지만 —— 사실은 지구인의 집단적

무의식인 —— 우주의 정적을 읽어내는 일은 동서양을 합한 그들의 사유로
도 그리 쉽지가 않다.

나는 천체 망원경의 기계주의자도 아니고, 모든 것은 수학에 있다는
수학자도 아니고, 우주 생명이 수소(H)에서 나왔다는 화학자도 아니고,
명상주의자도 아니다. 나는 시인이다. 시는 단순히 시인의 상상력에
의해 임의로 구성된 것이 아니라 존재의 언어에 대한 우리의 응답이라는
하이데거의 통찰을 좋아하지만 모두 신뢰하는 건 아니다. 예술적 영감이
나 광기만으로 시가 써진다고 여기지도 않는다. 우리는 오히려 아무
것도 모르는 시대에 살고 있기 때문이다. 우주에서 증명되지 않는 괴로움
을 쓰는 게 시인이지만 이미 아름다움은, 아름다움이 우주 스냅 사진
한 장에 시처럼 담기기 시작한 지 오래다.

우주론 시대는 무신과 유신이 하나이고 우주 그 자체인 **우주신**을 하느님
부처님이라 불러도 좋을 것이다. 죽음의 깊이가 죽음이 아니라 블랙홀이
야말로 생명인지 모른다. 암흑물질 암흑에너지가 우주를 관장하는 무엇
인지도 모른다. 오히려 보이지는 않지만 온갖 별의 집이어서, 감히 크기를
짐작할 수 없는 검은 별인지도! 이제 구체적이고 현실적인 —— 오히려
형이상적인 —— 죽음의 광시곡이 쓰여야 할지 모른다. 릴케는 『두이노의
비가』에서 왜 그토록 기계문명을 혐오했는가. 릴케가 살았던 시대와
우주론 시대인 지금은 무엇이 다른가. 존재의 집이든 죽음의 집이든
같은 집인지 모르기에 끝없이 허물고 짓고 하는 것이다. 아무 집도 짓지
않는 게 우주집인지 모르지만, 삶과 죽음을 동시에 긍정하라는 릴케
말의 역설처럼 우리는 죽음에 떨면서도 죽음을 그리워한다.

그 여자는 무덤에서 울부짖고 있었다. 아버지 무덤 앞에서 차를 세우고 연탄을
피워 자살한 아들, 사채업자에 쫓긴 남편, 아버지가 죽어버렸으면 하던 딸을

가진 여자, 사랑한다는 말을 끝내 뱉지 않던 아내, 그 여자가 죄인이 되어 용서해
달라며 울던, 화장을 한 유골을 무덤 밑에 묻는 장례식 풍경, 돈을 빌려준 사람들
앞에서 무릎 꿇은 여자는 모두 한 여자였다. 내가 얼마 전 본 그 여자의
무덤 풍경은 릴케의 『두이노의 비가』 「제10비가」에 나오는 "그 마지막
판자벽 뒤에 현실"인지 모른다. 그러나 나는 아직 그 현실을 모른다.
삶이 죽음의 현실을 모르고 죽음이 삶의 현실을 모르듯 우리는 모른다.

　나는 그들 부부의 혼례식, 장례식을 한날한시에 지켜본 것이다. 이미
혼례식에 너무 많은 장례식이 있었고, 장례식에도 너무 많은 혼례식이
있지 않은가. 시간의 벽에 가려 보지 못한 것이다. 그 판자벽 뒤에 일어난
현실은 시간의 벽에 가려진 현실이다. "마지막 판자 뒤에 '죽음 없음'이라
는 포스터가 붙어 있"고 "어린이들은 놀고, 연인들은 서로 얼싸안"고
"개는 오줌을 눈다."

　오 판자벽은 시간의 벽이요, 시간의 벽은 판자의 벽이다. 오오 모든
비가들은 순환한다! 「제8비가」를 들여다보라. "오직 우리 인간의 눈만이
반대의 방향을 보고 있다." "동물의 눈에 저리 깊이 고여 있는 **열려
있는 것**을 보이려 하지 않는다. 죽음에서 자유로운 그 세계를."

　하이데거가 릴케의 편지와 비가를 보며 말한다. "(동물과 꽃은) 어느
순간에도 세계를 자기에 대립시켜 세우는 일을 하지 않"는다고. "자기
의식을 가진 인간이 영원히 들어설 수 없는 세계"를. 그래서 우리 사유는
천사보다 무서워지고 있는가. 죽음의 단백질이 흘러나온다, 나와, 당신
과, 당신들에게로. 우리는 주인이 아니라 죽음의 공장이다 —— 원소의
춤 시공의 춤을 추다 뇌과학에 이른 오늘의 우주론에서도 죽음이 여전히
미스터리이다. 릴케와 하이데거가 고민한 것도 기계문명의 현실, 모든
순한 존재들의 죽음인지 모른다. 우주와 인간의 진화와 역진화, 오래된

미래로써 우주력의 회복을.

그 여자는 무덤에서 울부짖고 있었다. 왜인가. 평범한 부부가 아니기 때문인가. 아버지 무덤에서 자살한 남편은 방탕한 생활을 하다 죽었는데, 죽음에 대한 마지막 보상인가. 쉰둘의 사내는 사채업자에 떠밀려 죽었다. 그는 도박꾼이었고, 더 많은 돈을 좇다 자살로 마감한다. 그 여자는 울부짖으며 말했다. 그이가 안 올 리 없다고.

　　검은 광녀여, 광녀여
　　검은 별이여!

내 미완의 졸시집 『검은 별』에는 검은 광녀가 나오는데, 그녀도 무덤에서 울부짖으며 무덤들을 배회한다. 모두 버려진 무덤들이다. 무연고 무덤들부터, 5·18 때 행방불명돼 암매장된 황량한 벌판 버려진 무덤들, 도회지 빌딩 비석과 버려진 무덤들까지 모두 **버려진 무덤들**이다. 우리가 우리를 버렸다는 게 '나'(검은 광녀)의 생각이다. 신이 우리를 버린 게 아니라, 우주가 우리를 버린 게 아니라, 우리가 우리를 버렸다!

릴케는 『두이노의 비가』에서 무덤 같은 성을 배회한다. 그는 "고독은 때로 견디기 힘듭니다. 그럴 때면 내가 머물고 있는 이 성과 그 환경 안에 있는 모든 아름다운 것이 사라지고 암벽과 성벽이 감옥의 벽같이 보"인다고 했다. 모두 버려진 무덤들인 것이다. 그 버려진 무덤에서 시는 태어난다, 버려진 무덤에서 별은 태어난다! 검은 광녀여, 광녀여 검은 별이여! 그 성벽 바닷가 절벽 위에서 버려진 무덤들을 보았는지 모른다. 인간들이 건설하고 버릴 **기계문명** 버려진 무덤들을.

버려진 우리도 우리가 버린 무덤들이라면 무서움밖에 없다. 모든 것은 무서움밖에 없다. 무서움의 천사밖에 없다. 이 얼마나 난해한 시인가. 우리가 만든 종교가 우리가 만든 철학이 이토록 무서운가. 릴케는 니체를 그토록 싫어했지만 신 때문에 인간이 싸운다는 점에서 공통점이 있다. 인간은 보이는 곳과 보이지 않는 곳을 번갈아보는 눈을 가진 존재인지 모른다, 그래서 천사는 무서운가, ──그는 "비가의 '천사'는 기독교적인 천국의 천사들과는 아무런 관계가 없"다고 했다. "오히려 이슬람의 천사 상과 관계가 있을까" 했다. ── 그는 "우리가 아직도 눈에 보이는 것에 매달"려 있다고 했다.

일찍이 동서양의 사유는 시간의 사유인지 모른다. 지금껏 우주론의 시공의 춤을 멈추게 할 천상의 순수공간이 있는가. '시간은 없다'는 헤세의 『싯다르타』처럼 깨달음의 공간에나 있는가. 시간이 멈춘다는 블랙홀이라는 공간 말고도 그런 영역이. 릴케의 정신적 고향인 그가 본 러시아의 끝없는 지평선에 그런 영역이. 그 여행을 함께한 여인의 알 수 없는 마음에 그런 영역이.

> 그러나 저기, 그들이 사는 골짜기 안에서는 좀 나이든 탄식이
> 젊은이의 질문을 떠맡는다. 우리는,
> 그녀가 말한다, 위대한 종족이었다네, 한때, 우리들 탄식은. 조상들은
> 저기 큰 산속에서 광산일을 했다네. 인간 세계에서
> 그대는 때때로 갈고 닦이운 한 조각의 근원-고통을 찾아내지
>
> ─(안문영 옮김)

「제10비가」에 나오는 "인내의 면사포", "고통", "근원"은 릴케라는 시인, 릴케라는 철학자, 릴케라는 수도사 ──『기도시집』의 러시아 수도

사 화자처럼 —— 의 생을 잘 드러내는 말이다. 그는 신부처럼, 수녀처럼 신과의 사랑을 꿈꾸지 않았는가. 아니다, 그는 끝없이 인간과 사랑을 꿈꾸었는지 모른다. 신과 사랑한 자는 고독하지 않다, 인간과 사랑한 자가 고독하다! 안 그런가, 우리는 무슨 근원에서 왔고, 무슨 근원을 향해 가는가.

    검은 광녀여, 광녀여
    검은 별이여!

서정의 반성 12

백비

오 가엾은 연민이여, 비명은 쓰지 마라

욕망에는 좌도 우도 없다!

　내 졸시집 『시마』의 「백비」라는 시에 나오는 구절이다. 이 시가 『현대
시학』에 발표된 지가 벌써 6년이 지났고, 시집이 나온 지는 5년이 지났다.
내가 이런 얘기를 주저리주저리 하는 까닭이 있겠는데, 꼭 정치 얘기를
하자는 게 아니다. 좌도 우도 아니라고 다 아우성치고 있지만, 이념
논쟁에 진저리가 난 지도 오래 되었건만, 어느 신문에서까지 드디어
좌우 이데올로기를 버젓이 다루기 시작했다. 왜 내가 버젓이라고 했는가,
보수언론에서 다루어서인가. 아니다, 무슨 정치적인 의도가 없다면 마다
할 이유가 없기에 나는 꼼꼼히 신문을 챙겨 읽는다.

서울대 송호근 교수는 ○○일보 2013년 12월 31일자 신문에 고은 시인과의 대담을 실었다. 최근에 나온 시집 『무제시편』을 말하는 자리에서 시인이 술의 흥에 취해 "대지의 무도를 망치는 / 좌우 이데올로기는 변방에서 풀이나 뜯으라" 했다며, 팔순의 고은 시인이 남긴 말로 세모의 몇 시간은 행복했다고 서술했다. 예술이 정치보다 먼저고, 시가 예술보다 먼저여야 한다고 했을 때, 오히려 늦은 감이 있지만 자꾸 변방으로 밀려나는 시가 좌우 눈치를 안 보고, 계산을 하지 않고 흥에 취할 수 있는 건 술의 힘만은 아닐 것이다.

어찌됐든 나는 신문을 읽다가 내 시의 「백비」로 돌아온 것이다. 내가 오래전에 썼던 시여, 아니 시보다 그 시절 친구여, 이젠 시가 된 친구여! 내 시의 백비엔 이런 구절이 나온다. "살아서 내가 할 일이 있다 그것은

무엇인가 민중의 힘을 믿고 민중과 더불어 세계를 변혁하는 것이다" 24세 졸, 양진규 묘비명인데, 죽기 하루 전의 일기를 새겼다고 했다. 나는 정말 그랬다, 그 친구가 그렇게 죽은 지 20여 년 동안 그 친구 무덤을 찾아 헤맸다. 내가 무덤을 찾아 헤맸다고 하는 것은 그 섬의 공동묘지를 방문한 열 번 정도의 횟수를 말하는 게 아니다. 그해 여름에도 나는 무덤을 찾아 갔고, 길을 잃어버릴 정도로 벌초를 하지 않은 무덤 사이를 한참 동안 찾아 헤매다 백비를 본 것이다.

이 지구에 이름과 빗돌과 동상이 없다면 산소와 물 없는 행성의 사막과 같을 것이라고 그 시인은 말했다. 그는 젖은 모래라, 사막이 돼 가는 몸 어디에 물이 나와, 젖은 모래라, 그리 명명하고픈 그 시인이 죽기 전의 기록이 백비이다. 죽음의 기록은 죽음의 기록이 아니라 삶의 기록이어서 조심스레 생의 시간을 죽이지 않으면 안 된다.

이 지구에 큰 빗돌 하나 세우면 지구는 무덤이 된다. 지구인은 많은 기록을 남기려 하지만 몇 평 서책이 평생 공부인 까닭에 그리 쓸 말이 없음을 알리라. 언제부터 화장이 는 것도 그 때문이다. 도대체 인간의 기록이란 생졸이 바뀔 때가 많아 죽음이 생을 새기는 것이리라, 헷갈리지 마라.

이 지구에서 죽은 자와 소통은 산 사람이 많은 기록을 남기려 하면 할수록 어려워진다. 그가 모래처럼 말했다. 내 빈 빗돌 위에 기억 남기려 는 자들과 지우려는 자들이 충돌할 때가 있다고. 나를 넘어뜨린 것도 그들이야. 나는 그들의 경계에서 비문 쓴다. 언젠가 나를 일으켜다오.

(중략)

이 지구에 시도 역사도 종교도 빗돌을 많이 세웠다. 나무의 기억은

나이테이고 시인의 기억이 시라면 지구의 기억은 무엇인가. 산 자들의
몸에 새겨진 죽음의 기억이다. 새기는 것, 지우는 것이 팽팽히 맞서라!
서 있거나 눕고 싶은 **우리는 모두 빗돌이다!**
　그러니 지구여, 모든 글자는 유서인지 모른다. (하략)

　나는 그 친구의 백비를 본 것이다. 우리가 젊은 날 함께 불렀던 "사랑도
명예도 이름도 남김없이"의 노랫말처럼. 친구의 빗돌을 어루만지다 나는
놀란 것이다, 비명이 지워지고 없었다. 애초에 비명은 없었나! 비명은
산 자가 남긴다, 죽은 자는 모두 백비이다! 그러다 나는 무덤의 말을
들었다! 무덤이 하는 말을 들었다! "오 가엾은 연민이여, 욕망에는 좌도
우도 없다!" 오오 비명은 쓰지 마라는 무덤의 말을 나는 들었다.

　그해 여름 내 정신은 백비에 머물러 있었다. 무덤의 무더위 속에서
백비에 제를 지냈다. 내가 살아온 날이 하얗게 지워지고, 또 하얗게
떠올랐다. 모두 하얬지만 백비는 더 하얗게 빛났다. 내 인생의 비석에
무엇을 쓸 것인가가 아니라 무엇을 지울 것인가가 문제였다. 아니, 그마저
도 내버려두어라, 내버려두어라! 하얀 여름, 인생은 짧아도 여름날은
길던가.

　그리고 세월이 흘러 또 무덤의 말을 듣는다. 나는 빌딩의 비석에서
도시의 거리에서, 그리고 텔레비전에서 신문에서 무덤의 말을 듣는다.
어디에서든 무덤의 말을 듣는다. 갓난아이의 옹알거림에서도 양로원
늙은이의 꺼져가는 눈빛 속에서도 무덤의 말을 듣는다. 우리는 빗돌에서
태어나서 빗돌로 가는지도 모른다. 검은 비석 하얀 비석으로! 검은 빌딩
하얀 빌딩으로! 우리 태어난 곳도 건물이요, 우리 돌아갈 곳도 건물이다!

　그래서인가, 우연인가, 나는 도회지의 묘지공원 근처에 살게 되었다.

집에서 걸어 5분 거리, 나는 날마다 무덤으로 출근한다. 나는 무덤을 산책한다. 벌써 6년이 되었다. 이곳에 이사 와서 나는 처음으로 서울을 느꼈다, 아 나는 30년을 봐온 서울을 이제야 처음 느꼈다! 무덤을 빙 둘러싸고 거대한 비석들이 서 있는 곳, 서울이란 도시! 욕망의 무덤 주위로 거대한 빌딩 비석들이 들어선다. 나는 이곳을 산책하다 가끔 백이라는 평론가를 만난다. 무덤 사이에서 악수하고 헤어진다. 그도 늙었다. 젊은 날 민족문학과 세계문학을 외쳤던 그이지만 지금은 무슨 생각을 하는가. 욕망이 되어버린 민족문학을 욕망이 되어버린 한국문학을 어디까지 읽었는가. 아니다, 문학은 원래 욕망이다! 그것은 자본주의를 거부하지만 가장 자본주의적인 것이기에 무덤을 빙 둘러선 비석들의 비명 같다.

백범의 묘를 지난다. 나는 언젠가 그 투사의 피 묻은 옷을 본 적이 있다. 육십 년 넘게 검게 얼룩진 옷! 그의 묘비 곁으로 간다. 꽃잎 짓뭉개지고 공원묘지 소풍 왔다 가는 것이 생인가? 대답 없는 묘비여, 나는 쓸쓸하여 참배도 잊었다. 언젠가 이 비에 대해 시를 쓴 적이 있다. "민족의 비에게 물으니 인류는 대답 없는 비라!" 내 시의 몇 구절을 읊조리며 무덤을 빠져나온다.

4기의 독립군 무덤군 ──1기는 허묘── 을 지나 3기의 다른 무덤군 쪽으로 발길을 돌린다. 밤이 와서 조등이 켜지고 무덤을 밝히는 노란 등, 노란 불빛은 언제나 기도하게 한다. 김수영은 "덮어놓은 책은 기도와 같은 것"이라고 했는데 나는 "무덤은 기도와 같은 것"이라고 말한다. 모든 책은 삶의 기도, 모든 무덤은 죽음의 기도! 아니다, 모든 책과 무덤은 죽음의 기도다! 단지 덮고 펼치는 방법이 다를 뿐, 검은 글씨 하얀 글씨가 다를 뿐, 검은 비석 하얀 비석이 다를 뿐 어느 페이진들 죽음이 없으랴.

그때 무덤 속에서 무슨 소리가 들린다 ── 내가 가졌던 무덤의 시간들이 헛되지 않았구나! 무덤들도 말하고, 나도 말한다. "그가 가졌던 무덤의 시간들이 헛되지 않았구나, 그들이 가졌던 무덤의 시간들이 결코 헛되지 않았구나." "결코 이 우주는 헛되지 않구나!" 모든 무덤 앞의 중얼거림은 기도다. 무덤의 기도다! 나의 기도는 무덤의 기도다! 너의 기도는 무덤의 기도다! 우리 기도는 무덤의 기도다!

마지막으로 내가 기도하러 가는 곳은 원효대사 동상 앞이다. 반세기 전에 세워진 동상. 침묵이 기도라는 점에서 시는 기도다, 침묵의 신음! 신음의 침묵! 기도하는 자 누구인가, 신음하는 자인가. 나는 불타는 비석을 본 적이 있다, 바로 이 동네에서! 한쪽은 "오 머리에 불을 켜고 꽃상여 같은 빌딩들!"이고, 또 한쪽은 초라한 비석들인데 이른바 비석을 정리하는 과정에서 저항하는 사람들을 죽였다. 경찰들이 비석을 불태우고 묘지기들을 죽였다!

그래서 동상의 뒤로 돌아가 꼭 한 번씩 읽어 보는 ── 어쩌면 비문 같은 ── 글이 있다. 내가 수백 번도 넘게 읽어 저절로 외워버린 비문, 이젠 저절로 내 비문이 된 비문, 그 비문 중에서 내가 가장 좋아하는 것은 "제 뜻에 가려 어둡지 않고"라는 구절이다. 그 비문이다, 비문 중의 비문이다! 나는 비문을 속으로 중얼거리며 다시 무덤들로 돌아온다. 산 자들이 좋아하는 건 흑, 흑비이지만 죽은 자들이 좋아하는 건 백비인 것을.

……생각과 말을 넘어선 지극히 은밀한 마음이기에 참됨과 속됨 더러움과 깨끗함을 가리지 않는 평등함을 얻었고 제 뜻에 가려 어둡지 않고 널리 만민을 위해 일하는 마음이기에 행동의 자유를 얻은 것이다……

서정의 반성 13

윤동주 문학관

열린 우물

겨울바람 분다

눈이 내려도 뚜껑이 없어 다 맞는 우물

물 없는 우물 위 팥배나무여,

어느 시인이 서성대던 우물 터

자화상 같은

열린 우물 옆에 닫힌 우물

닫힌 우물 옆에 열린 우물

닫힌 우물에서 흐느끼는 자는

열린 우물을 다 맞보리라,

어두움 고여 별이 흐르다가

푸르른 우물 계절이 흐르다가,

텅 빈

우물 속에서

너를 올려다보면

팥배나무 붉은 열매여, 붉은 열매여

소년일 때 알았으나 헤어져 수많은 계절이 지나고 저녁이 다 돼 방문했

다

늦게 온 손님처럼

저녁 때 오는 눈발이 우물 속에 서성거린다

　예술에 있어서 실패한 줄 모르는 자는 정말 실패한 것이다, 시에 있어서 실패한 줄 모르는 자는 정말 실패한 것이다! 나는 이런 말을 중얼거리며 윤동주 문학관을 둘러보았다. 아니다, 둘러보았다는 말은 틀린 말이다. 나는 스며들었다. 그의 삶과 죽음이 묻은 흑백 사진에, 아직도 또렷한 자필 시에, 열린 우물에, 닫힌 우물에, 다시 돌아 나온 열린 우물에, 우물을 위에서 들여다보는 팥배나무 얼굴에게! 거기서 내 졸시 「열린 우물 —— 윤동주 문학관 팥배나무」를 썼다.

　나는 그리고 서성거린다. 밖에서 안으로, 안에서 밖으로, 그리고 다시 안으로. 윤동주 묘비 앞에 나는 섰다. 황폐한 묘지가 펼쳐진다, 오무라 마쓰오 교수에 의해 40년 만에 발견된 묘비! —— **시인윤동주지묘** —— 시간을 거꾸로 돌려 그의 장례식 장면이 펼쳐진다. 고향집 앞마당 비통한

용정 사람들의 얼굴이 보인다, 장례식장에서 유족들이 낭독한 그의 시 「새로운 길」은 1938년 5월 10일에 썼다.

내를 건너 숲으로
고개를 넘어 마을로……

어제도 가고 오늘도 갈
나의 길 새로운 길

민들레가 피고 까치가 날고
아가씨가 지나고 바람이 일고

나의 길은 언제나 새로운 길
오늘도…… 내일도……

내를 건너 숲으로
고개를 넘어서 마을로……

그가 죽기 몇 년 전의 시이니 모든 시는 유서인지 모른다. 『하늘과 바람과 별과 시』 유고시집 서문은 지용이 썼고, 그는 「별 헤는 밤」의 예언처럼 "무덤가에 자랑처럼 풀이 무성"할 때 하늘의 별이 되어 돌아왔다. 나는 여전히 그의 학사모를 쓴 사진을 뚫어지게 바라보고, 그의 자필 「서시」를 뚫어지게 바라본다. 그러다가 이번엔 시간을 한참 앞으로 돌려, 대학시절 내 친구 얼굴이 겹쳐진다. 너무나 윤동주 시인과 닮았고 윤동주 시인처럼 살았고 윤동주 시인처럼 글을 썼던 친구, 양진규! 내 시 「백비」의 주인공인 그 친구, 내가 존경한 시인과 내가 사랑한 친구는 비슷한 나이에 죽었고 많이도 시대를 아파했다. 윤동주 시인 고향은 북간도 식민지 조국을 아파했고 그 친구 고향은 제주도 분단된 조국 4·3을 아파했다.

다시 시간을 더 앞으로 돌리면 고교시절 고3 교실이 나온다. 나는 우리 반 미화부장으로 환경정리를 맡았다. 나는 그때 막 시에 눈을 떠 멋모르고 시를 쓰고 있었고, 윤동주 「서시」를 가장 좋아했다. 나는 글씨 잘 쓰는 도장집 친구를 불러 시를 쓰게 했다. 나는 하얀 전지에 큼직하게 붉은 매직으로 「서시」를 쓰게 했고, 액자에 넣어 교실 뒤에 걸었다.

> 죽는 날까지 하늘을 우러러
> 한 점 부끄럼이 없기를
> 잎새에 이는 바람에도
> 나는 괴로워했다
> 별을 노래하는 마음으로
> 모든 죽어가는 것들을 사랑해야지
> 그리고 나한테 주어진 길을 함께
> 걸어가야겠다.
> 오늘 밤에도 별이 바람에 스치운다.

나는 그때 환경정리를 함께한 그 친구와 단짝이었다. ── 우리는 지난 해 5·18을 겪었다. ── 그는 광주 퐁퐁 다리 옆에서 명패나 도장을 파는 도장집 아들이었다. 그의 아버지와 형제들은 그림을 잘 그렸고 그는 엄지손가락 하나가 없었다. 그는 김춘수 「꽃」을 외우고 다녔고 나는 「서시」를 외웠다. 그는 그림을 그렸고 나는 시를 썼다. 그해 봄 어느 잡지에 내 시가 실렸다. 모두 「서시」 때문에 일어난 일이었다. 그 친구는 그림을 그리다 죽었다. 어느 청년인들 아프지 않았으랴, 그 당시 우울하지 않았으랴! 나는 시간이 흘러 내 『벽화』 시집에 그를 추모하는 「면회」라는 시를 발표했지만, 모두 「서시」 때문에 일어난 일이었다.

> 친구의 감지 않는 머리 비듬이
> 잘게잘게 햇살같이 떨어지는 날이었다
> 나무그늘에서 매미가 울고 있었다
> 어머니한테 우울증 때문이라 들었으나
> 우스갯소리 몇 마디 시간이 흘러갔다
> 헐렁한 병원복에 새겨진
> 내일에 희망을……
> 마음에 평화를……
> 줄담배를 피우던 그는 옷을 여미고
> 국립나주정신병원 2층으로 올라갔다
>
> 나는 몇 년에 한 번씩 안부를 물었다
> 어머니가 또 전화를 받았다
> 죽었다 했다 눈 오는 밤 버스에 치여.
> 이미 재는 극락강에 뿌렸다 했다

우리는 모두 착한 사람 콤플렉스를 가지고 있었다. 내가 아는 사람들은 착한 영혼을 꿈꾸었다. 나는 그래서 지금 윤동주문학관에서 잃어버린 얼굴들을 보는 것이다. 나는 시를 썼지만, 시인처럼 살지 못했구나, 탄식하면서 다시 시를 생각하는 것이다. 옛날이나 지금이나 시는 써진다. 누가 정말 시를 아파하는가? 어느 시인이 정말 시의 육체를 아파하는가? 나는 윤동주 시와는 전혀 다르지만 어쩌면 동질성의 유전자가 흐르는 최근 시를 생각했다. 윤동주문학관을 돌아 나와, 옥상의 팥배나무 붉은 열매를 눈으로 어루만지며 그 붉은 시집을 떠올렸다. 거기, 황병승 『육체 쇼와 전집』의 「내일은 프로」라는 시를! 아 "나는 결국 실패를 보여주는 데 실패하고 말았다!"라는 이 구절을, 요즘 한국시의 찬란한 실패의 구절을! 시에 있어서 실패를 모르면 정말 실패한 시인이다, 나는 다시금 육필의 「서시」에 스며들 때처럼 홀로 중얼거리며 윤동주문학관을 빠져나와 성곽 길로 접어들었다.

서정의 반성 14

살아오라, 가사여
돌아오라, 가요여
응답하라, 시설이여

내가 일 년의 강의를 마치고 꽃 피는 봄날에 다시 여러분과 만나 시 얘기를 하고, 향가를 얘기하고, 고려가요를 얘기하고, 가사를 얘기하는 것은 모두 시설문학^{詩說文學}을 위해서이다. ── 그러나 시설에도 갇히지 마라! ── 모두 시의 유전자를 갖고 태어난 자식이다! 모두 시라고 해도 되겠지만 형식이 필요한 것뿐이다. 그렇다, 형식이 필요하다. 형식이 바뀌어야 내용이 바뀐다! 한국시가 너무 내용에 치우쳐 있다는 것은 모두가 알고 있는 사실이다. 내용으로 묻고 형식으로 답하라 ── 시는 답이 아니라 물음이라지만 그건 내용의 문제에서 그렇다. 시의 형식은 침묵의 대답이기 때문이다! ── 내용과 형식의 밸런스를 맞춰라! 그리고 내용에도 갇히지 마라. 형식에도 갇히지 마라. 반복하지만 내용으로 질문하고 형식으로 답하라!

나는 단순히 고답적인 게 아니다. 형식의 자유를 말하려 할 때 단순히 서구나 유럽 문학만을 말할 게 아니라, 향가나 고려가요나 가사를 말하면 어떻겠는가. 오히려 옛글이 더 형식에 심혈을 기울였고, 그 형식에 내용을 담은 게 아닌가. 모든 내용은 형식을 찾아 꿈틀거린다! 어떤 간절함이 없이 향찰 문자가, 고려가요 후렴구가, 한글 창제가, 더 나아가 가사의 산문적 운율미가 나타나지 않는다. 한자에 대한 반동 없이, 계층에 대한 충돌 없이 언어 혁명은 이루어지지 않는다.

모든 향가에는 배경설화가 있다. 그래서 향가는 드라마틱하다! 「제망매가」만 보더라도 이야기가 있다. 망자를 위해 제문을 짓고, 지전을 태우니 바람이 불지 않는데도, 재가 서쪽 방향으로 날아갔다는 이야기가 있다. 하늘의 응답을 들은 게 「제망매가」이다! 이 드라마틱한 주술성 있는 이야기가 시설의 이야기가 되었다. 짧은 노래는 향가라는 형식의 시가 되어 우리 서정시에 영향을 주었다. 「가시리」, 「청산별곡」 등 고려가요의 **후렴구**는 시설의 **후렴구**가 되었고, 가사의 **형식**이 시설의 **형식**이 되었다. 그러면서 시설은 근대 서사문학의 최고봉인 장편소설 대하소설의 형식과 내용을 받아들였다. 이 시설이란 장르는 주인공과 주변 인물들이 있고, 사건, 배경, 구성 등이 치밀해야 한다. 우리 민족은 산문과 운문이 하나이고, 오랜 인류의 꿈도 거기에 맞는 형식을 찾는 데 있다. 거기에 맞는 **이름**을 찾는 데 있다. 그 형식이 시설이란 형식만이 있는 건 아니지만, 이 시설(시소설)이란 이름을 얻는 데는 많은 시간이 필요했고, 시설문학이 뿌리내리려면 많은 세월이 필요한 것이다.

나는 지난여름 가사문학관을 다녀왔다. 살인적인 무더위에도 붉은 배롱나무 꽃들이 길을 수놓고 있었다. ――내 마음속 수백 년 된 배롱나무들도 지금쯤 거대한 근육질의 몸을 뒤틀어서 하늘로 솟구쳐 올라 수억만

송이 붉은 꽃을 피우리라. ── 나는 젊은 시절의 나를 불러낸다. 나는 걸어가며 햇살이 칼처럼 찔러오자 붉은 배롱나무 끝에 엉뚱하게도 '이방인'이여, 뫼르소여 낮게 중얼거렸다. 이상하게도 여름의 태양만이 죽음을 관장한다는 눈부신 역설의 이야기가 아닌가. 흰 빛과 검은 빛은 하나다! 무더위에 아스팔트가 녹아내리고, 머리는 어지럽고, 숨이 가빠올 때 그는 태양 때문에 살해를 하고, 나는 태양 때문에 시를 살해하고, 그런 생각을 하는 것이다. 부처를 만나면 부처를 죽이고, 시를 만나면 시를 죽여라! 오 그러니, 시에도 갇히지 마라! 오 시설에도 갇히지 마라! 너의 영롱한 영혼이여, 무엇에도 갇히지 마라!

　나는 가사문학관을 지나 개울을 지나 송강 정철의 「성산별곡」 시비를 지나 환벽당에 이르렀다. 푸른빛이 사방을 휘돌지 않으랴! 너무 푸르면

흰 빛이 쏟아진다. 그러니 한 폭의 그림 같은 자연을 보기엔 남도의 여름이 너무 무더웠고 길들이 타올라 백색의 길로 하얗게 지워지고 있었다. 모든 길이 이어진다는 건 착각이다, 끊어진 길이 많다. 목이 잘린 길보다 지워진 길이 더 많다. 잃어버린 가사 왕국, 죽어버린 가사 백성들이 길바닥에 뒹굴고 있다. 모든 왕족은 멸하려고 나라를 세운다. 모두 태양의 짓이다, 눈부심을 탐한 죄이다! 그러나 눈부시지 않고는 살 수 없는 게 사람이다. 아무리 어두워도 눈부신 자유를 꿈꾼다, 아무리 무더워도 눈부신 달주를 꿈꾼다! 나는 도망자다, 시로부터 달아난 도망자 다! 평생 도망을 다녔다. 붙들려 감옥에 갇히고, 감옥에 갇혀도 탈출한다.

나는 다시 길을 걷는다. 시의 죽음 시의 장례 행렬이 떠오른다. 모두 지쳐서 길을 걷고 있다. 해는 중천에 있고 장례식은 끝날 것 같지 않다. 우리는 견디어야 한다. 장례를 견디어야 한다, 시의 장례를 견디어야 한다. 누군가 픽, 쓰러진다. 얼굴, 얼굴들 태양처럼 벌겋게 달아오르다 땀을 줄줄 흘린다. 모든 입은 시들어 말하지 않는다. 영구차는 더디게 나아가고 관 속의 시체는 소다를 풀어 놓은 빵처럼 부풀어 올라 구역질나 게, 구역질나게 길바닥으로 흘러넘친다. 어머니, 한때 어머니였던 내 시여! 이젠 죽었는가. 나는 정신이 혼미하여 주위를 둘러본다. 아무도 없다, 내 주위에는 장례 행렬이 아무도 없다. 내 장례를 내가 치러야 한다.

나는 그날 버스를 타고 광주에 올라왔다. 담양의 망월동을 지나 수많은 장례 행렬을 보며 내가 다니던, 그곳에! 거기서 지금은 헤어진 그 사람도 만났지만, 이젠 나 혼자 돌아왔다. 우리는 담배를 피워 향불처럼 제단에 놓곤 했었다, 옛 친구여, 시의 친구여! 묘하게도 25년이면 한 바퀴를 돈다. 지구를 한 바퀴 도는 데 걸리는 시간, 우주를 한 바퀴 도는 데 걸리는 시간, 인생을 한 바퀴 도는 데 걸리는 시간, 산 자와 죽은 자가 비로소 만나는 시간이다! 그 시간이 휘어져 광주공원 작은 언덕 위 영랑 시비와 용아 시비가 있다. 내가 문청 시절로 돌아왔구나. 내가 5·18을 겪은 곳, 수많은 장례 행렬을 겪은 곳, 시의 장례 행렬이 붐비고 붐벼 차들이 밀리더라도 우리는 끝없이 장례를 치러야 한다.

　이미 지구의 장례는 치러지고 있다고 여러분께 내가 말한 적이 있는데 ──그 죽음이── 우리가 시를 쓰는 까닭인지 모르겠다. 우리가 시설을 쓰는 까닭인지 모르겠다. 왜 다시 시설인가, 그것은 시설이 시이기 때문이다. 말하자면 시설이 시의 촉매제가 될 수 있다는 생각이 들어서이다. 내가 향가를 생각하고, 고려가요를 생각하고, 가사를 생각하며 가사문학관을 다녀온 것은, 그곳이 단순히 시의 박물관식의 죽어 있는 옛 시가 아니라 우리 시의 촉매제라 여겨졌기 때문이다. 죽은 혹은 죽어가는 시의 촉매제! 나는 여기서 세계적이란 말보다 차라리 우주적이라 말하고 싶은데, 이미 인류는 우주예술 우주문학에 들어섰기 때문이다. 우주과학이든 동서양 인문학이든 우리 옛 시든 과거파든 미래파든 모든 것들을 받아들여 융합시키는 데 반드시 시의 촉매제가 필요한 것이다.

　어떤 시설은 향가에 가깝고, 또 어떤 시설은 가요에 가깝고, 또 어떤 시설은 가사에 가깝고, 또 어떤 시설은 모두에 가깝고, 더 나아가 모든 장르에 가까울지 모른다. 가장 괴로운 것은 이것도 저것도 아닌 것이 되는 것인데, 그것 역시 촉매제가 필요한 까닭이다. 어느 융합에도 촉매제는 필요한 것이다. 어느 시에도 촉매제는 필요한 것이다. 어느 사랑에도 촉매제는 필요한 것이다. 어느 삶에도 촉매제는 필요한 것이다. 어느 죽음에도 촉매제는 필요한 것이다. 어느 삶에도 죽음의 촉매제는 필요한 것이다. 어느 시에도 우울의 촉매제가 필요한 것이다. 발터 벤야민처럼 세련된 잿빛 색으로 그린 도시의 우울이 촉매제가 될 수 있고, 모든 환희의 우울 태양도 촉매제가 될 수 있고, 그 황금빛 색도 은빛 색도 촉매제가 될 수 있고, 모든 검은 피의 음악도 촉매제가 될 수 있고, 우리 옛 시의 상처나 환희, 몰락한 가사의 왕조, 비참한 가사의 백성이 뒹구는 폭염의 길바닥이 촉매제가 될 수 있다.

그러니 시는 일부 왕조의 전유물이 아니다. 시는 쉬워도 좋고 어려워도 좋다. 앞으로의 시설도 도회지적인 시설이든 시골적인 시설이든 다 좋다. 우주적 질서는 넓기에 우리 자연에 가까우면 좋다. 이 공동묘지를 만들고 거대한 비석을 세운 도회지를 우울과 환희를 태양처럼 섬길 미래를 낙관이든 비관이든 시로 그리고 노래하지 않으면 안 되는 게 시인인지 모른다.

긴 시설만이 아니라 짧은 시설도 좋다. 어려운 시설만이 아니라 쉬운 시설도 좋다. 모든 백성들의 사연이나 노래가 시설이 되어야 한다. 더 나아가 동방 서방이 하나 된 우주문학이 되어야 한다. 일찍이 글을 창제한, 우주 기운을 받든 어느—미래의—시의 대왕의 바람처럼 누구나 쉽게, 익혀, 널리 널리…….

서정의 반성 15

나의 벗 '하얀 별'에게

    나는 이제 시인이라 불리어지고 싶습니다. 시설시인이 아니라, 시인이라 불리어지고 싶습니다. 왜 이 당연한 말을 하느냐면 나는, 이 시집이 시설 혹은 시설집이라는 것과, 그럼에도 불구하고 동시에 시집이라는 것을 말하고 싶기 때문입니다. 나의 벗이요, 동료요, 시인 하얀 별이여! 내가 끝없이 내가 내게 말하고 내가 내게 대답하는 것은 ── 모든 고백은 제가 제게 하는 것이기에 ── 말할 수 없는 것을 말하는 게 시라는 것과 말하지 않으면 안 될 말을 하는 게 시설이라는 것과 관련이 있습니다.

    어느 강연에선가 하얀 별이 누구냐고 누군가 내게 물었을 때, 그대요, 그대들 모두요, 하고 말했지요. 그러나 나는 이 말의 역설을 모릅니다, 내가 한 말의 역설을 내가 모릅니다. 이미 『하얀 별』에 이어 『검은 별』이란 미완의 시집 한 권이 더 있지만, 『하얀 별』 통합본 ── 제1권 『시별』,

제2권 『하얀 별』, 제3권 『검은 별』 —— 이 나와도 하얀 별이 누군지 아무도 모를 것입니다. 나도 당신이 누군지 모릅니다. 우리는 모르고, 어찌어찌하여 이 별에서 만났습니다. 나는 그때 당신의 눈이, 예사로운 눈이 아님을 알았습니다. 그것은 별의 별이었는데 무어라 표현할 수 없습니다. 그러면 하얀 별은 눈부신 태양일까요? 일몰의 태양일까요? 아무리 물어도 대답 없는 별입니다.

그대는 나의 벗이요, 동료입니다. 이제껏 한 번도 떨어진 적 없이 함께 길을 걸어왔으니까요. 어느 별인들 함께 운행하지 않으리오마는, 그러나 언젠가 우리는 죽습니다. 그 죽음을 우리는 살고 있습니다. 동서양의 시 중에는 삶과 죽음을 긍정하기 위해 노력한 흔적이 있습니다. —— 나의 무뢰를 용서한다면 —— 글쎄 죽음을 긍정해서 될 일일까요? 너무 막막해서 긍정적인 죽음을 만들어낸 걸까요? 우리는 너무 많은 죽음의 신화를 만들었습니다. 내 벗이여, 하얀 별이여, 우리는 너무 많은 죽음을 만들었습니다. 아무도 모르기에, 너무 많은 죽음의 신화를 만들었습니다. 가벼운 바람에도 너무 많은 죽음의 신화를 만들었습니다.

이 지구에는 두 부류가 있습니다. 너무 죽음을 잊고 사는 부류와 너무 많은 죽음을 입고 사는 부류 말입니다. 하얀 별, 당신은 죽음을 입고 사는 부류입니다. 삼십 년째 상복을 입고 살았으니까요. 그래서 은은히 빛날 뿐 아무 말이 없습니다. 당신의 고백을 알아듣는 이 별로 없습니다. 어떤 이는 당신의 고백을 해쓱하게 지쳐가는 별로 보고, 또 어떤 이는 당신의 고백이 창백하여 귀를 막을지 모르지만, 당신의 고백이 얼마나 찬란한지 벗은 알몸을 보기 전엔 모릅니다. 상복 입은 당신을 보고 사람들은 당신의 죽음이 얼마나 찬연한지 모릅니다. 당신이 사랑한 별이 누구인지 모르면 당신의 고백을 알아들을 수 없습니다.

그 청년을 사랑한 소녀는 삼십 년째 상복을 입고 있습니다. 이젠 상복을 벗으십시오! 이런 말을 나는 할 수 없습니다. 그 청년이 나이기 때문입니다. 죽은 사람은 말이 없습니다. 나는 **죽음의 습관**에 갇혀 있습니다. 그래서 사람들이 지금껏 만들어낸 죽음의 이미지가 모두 허상인지 모르겠습니다. 왜일까요? 나는 모릅니다, 당신은 알겠지만 말이 없고 별의 죽음을 관장하느라 바쁩니다. 그래서 우리는 여전히 죽음의 의문에 갇혀 살고 있습니다. 아무리 초인을 외쳐도, 신화를 만들어도, 문명의 관을 만들어도 그 불구덩이 속에 한줌 재입니다. 먼 조상으로부터 유전적으로 죽음을 입고 우리는 살았습니다. 그 무서운 옷을! 결코 벗을 수 없고 산 자가 언제나 걸쳐야 하는 제가 만든 제 상복! 당신이 입고 있는 상복 말입니다! 당신은 우리를 위해 상복을 입었군요, 누구나 자신을 위해 상복을 입지 않으니까요. 그렇다면 우리도 제 자신을 위해 상복 입지 않겠지요?

나의 벗이요, 동료요, 시인 하얀 별이여! 그 청년이 죽고 그 소녀는 어찌 되었습니까? 갈래머리 소녀는 어찌 되었습니까? 제 자신이 삼십 년을 상복 입은 여자로 살지 어찌 알았겠습니까, 나를 만나기 전까지는요. 나는 내가 아닙니다, 나는 내가 아니기에 적어도 글을 쓰는 동안에는 그 청년이었고, 당신은 당신 자신의 그 소녀로 돌아갈 수 있었습니다. 당신이 불러준 시를 나는 받아 적었습니다. 당신의 고통, 희열을 받아 적었습니다. 당신의 미를 받아 적었습니다. 당신의 노래를 따라 불렀습니다. 당신의 슬픔을 받아 마시고, 당신의 상복을 대신 입었습니다. 당신의 입술을 훔치고, 애무할 때마다 별이 쏟아졌습니다. 모든 쾌락은 무덤인 것을 그때 알았습니다. 왜 내가 당신의 상복을 입게 되었는지 늦게야 알았지만, 상복 입은 자는 죽음을 후회하면 안 됩니다. 우리는 모두 상복 입은 자이기에 제 죽음을 후회하면 안 됩니다. 우리는 모두 제가 제 죽음을 위해 상복 입은 자입니다.

나의 벗이요, 동료요, 시인 하얀 별이여! 얼마 전 가장 우주적인 그림을 보고 왔습니다. <어디서 무엇이 되어 다시 만나랴>라는 그림말입니다. 별이여, 하얀 별이여! 우주에는 무수한 별이 있습니다. 그 그림처럼, 무수한 얼굴이 있습니다. 무수한 얼굴들이 별입니다. 무수한 별들이 우주입니다. 모든 점들이 모여 우주가 되고, 모든 선들이 그것을 이어줍니다. 푸른색은 우주 바다입니다. 하지만 검은 우주는 보이지 않습니다. 우리 눈에는 보이지 않는 우주입니다. 보이지 않는 죽음이 보이는 삶입니다. 그래서 결국 삶도 보이지 않는지 모르겠습니다. 검은 우주 검은 별이 하얀 별이고, 하얀 별이 검은 별 검은 우주인지 모르겠습니다.

나의 벗이요, 동료요, 시인 하얀 별이여! 나는 당신의 미와 무덤 사이를 많이 방황했습니다. 나는 절대 미를 찾는 어리석은 자인지 모르겠습니다. 모든 미는 무덤인 것을 모르는 건 아니지만, 혹여 무덤 속에라도 누가 있을까요? 당신이 있을까요? 내가 있을까요? 그 청년이 있을까요? 그 소녀가 있을까요? 나에게는…… 내 시에는 죽음을 아름답게 쓰려는 욕망이 있습니다. 죽음이 아름다워야 우리에게 희망이 있기에 나에게는…… 우리 죽음이 아름다워야 희망이 있기에 ── 그러나 죽음에는 미추도 없는가 ── 아름다운 죽음에의 욕망이 있는지 모르겠습니다.

나의 벗이요, 동료요, 시인 하얀 별이여! 우리에겐 죽음에 대한 낙천성이 있습니다. 삶의 낙천성이 필요하듯 그 많은 무덤에게도 희망이 필요하니까요. 나와 당신이 무덤 사이를 거닐던 그날을 기억합니까. 우리에게 놀라운 일들이 벌어지고 있었고 문득 떠오른 생각의 조각들이 자연스레 이어졌죠. 그중에서도 갑자기 떠오른 그 생각 ── 사람 여자 임신 기간

38주와 우주 여자 임신 기간 38만 년의 일치 ──에 잠을 이룰 수가 없었습니다. 결코 혼자서는 이룰 수 없는 게 우주요, 예술이요, 시인가 봅니다. 우주 여자는 당신이었고, 우주 중력이 하얀 별을 만들어 당신이 태어난 것이니까요. 그때 우리 둘은 무덤과 무덤 사이를 거닐다가 오래 서 있었습니다. 우리가 만든 현대의 공동묘지에서 우주가 만든 별의 공동묘지를 바라보며 눈부시게 서서.

제4부

우주의 사랑

서정의 반성 16

미완의 시집

우리 모두 미완의 시를 쓰고 있는지 모른다. 미완의 시, 미완의 시집! 미완성된 시를 붙들고 영원히 미완성될 시를 쓰고 있다. 누구나 한번쯤 생각해볼 이 말을 나는 왜, 새삼 되뇌는가. 나는 아프기 때문이다. 내 시가 아프기 때문이다. 내 시는 과연 죽음 직전까지 가보았는가. 내 시는 죽어보았는가. 시의 병원이여, 시의 빈혈이여, 시의 집이여! 나는 오늘도 집과 병원을 오가며 너를 생각한다.

내 빈혈의 시는 어지러워 더 이상 길을 갈 수 없는가. 내 빈혈의 시집은 창백한 페이지마다 검은 피가 넘쳐 광기의 나날을 견딜 수 있는가. 더 이상 죽음의 악보를 찾지 못하는가. 견디리라, 견디리라 마지막 넘어야 할 산은 너 자신밖에 없다 하지 않았는가. 몇날며칠을 미쳐 헤매다 거울 앞에 서니 웬 해골바가지가 있다. 나이가 무슨 소용 있으랴, 결판지게 한세상 놀아보자. 아 시로 놀아보자! 그러나 1권 『시별』, 2권 『하얀 별』, 3권 『검은 별』에 이어 더 쓸 수 없는가. 내 시의 피가 모자라는가, 내 시에 병균이 득실대는가. 내 시는 새벽이 오도록 해쓱하게 지쳐만 가는가. 내 시의 쾌유를 빌자! 내 시는 아프다, 내 시의 쾌유를 빌자!

내 빈혈의 시는 마침내 병원에 간다. 자꾸 체하고 살이 5킬로그램이나 빠졌으니 종합검진이라도 받아야 하나. 우선 간단한 검사라도 받자. 소변 검사를 하고, 피 검사를 위해 주사기에 피를 뺀다. 엑스레이를 찍고 심전도 검사를 한다. 그리고 조음파 검사를 위해 의사가 내 가슴과 배에 무슨 젤을 바른다. 숨을 크게 쉬었다 멈추고, 갑자기 볼륨을 높이자 크게, 피가 흘러가는 소리가 들린다. 내 몸이 저리 많은 피 흐르는 소리를 담고 살다니, 우리 몸이 흡사 도시의 구조와 같다. 콸콸, 상수도관 하수도 관으로 물이 흐르듯 온몸의 피가 흘러간다. 드디어 수면내시경 검사, 프로포폴을 맞아야 한다. 간호사가 긴 주사기 줄에다 약을 집어넣는다. 그러다 몇 초도 안 되어 암전! 나는 일어나며 혼몽 중에 엉엉 운다. 모처럼 실컷 운다. 그동안 울음을 참느라 얼마나 힘들었누? 간호사가 놀라며 휴지다발을 준다. 의사가 시뻘건 위장 사진을 보여주며 이상무, 그렇다면 내 신경이 문제로다! 시의 신경 줄을 무디게 할 병원은 없다. 일찍이 시의 병원은 폐업한 지 오래.

내 죽음을 쓰리라. 결국 내 죽음을 쓰리라는 구절이 내 빈혈의 시집 어딘가에 나온다. 어느 시인인들 제 죽음을 쓰지 않으랴만, 나도 내 죽음이 궁금해 죽음의 시를 쓰는 거다. 창백하지 않는 삶이 있으랴, 우리는 분을 바르고 살면서 해쓱해져 간다. 우리는 모두 죽음 앞에 하나이고, 하나의 백지이다. 이제 죽음의 검은 글씨는 펄펄 생명의 글씨로 살아 숨 쉬리라! 이 지구 곳곳에 우주 너머까지 살아 숨 쉬리라! 그래서 세 권의 시집은 모두

한 여자가 주인공이고, 빈혈의 여자이다. 그녀는 철분제를 먹어도 온갖 짐승의 피를 마셔도 세상이 어지러워 빙빙 돈다, 백지장같이 창백한 그녀.

『하얀 별』은 제1권 『시별』에 이어 썼고, 제3권인 『검은 별』까지 썼지만 여전히 나는 하얀 별에서 벗어나지 못하고 있다. 나는 주인공에서 벗어나지 못하고 그 하얀 별처럼 해쓱하게 지쳐간다. 나는 한때 하얀 별 여자 주인공이 동양의 ── 베아트리체 ── 별이 될 거라 생각했다. 그것을 의도하고 시를 쓰지 않았고, 무언가에 끌려 미친 듯이 받아 적었기에 내 것이 아니라 여겼기 때문이다. 내 능력으로 쓸 수 없는 시라 여겼지만, 내 것이 아닌 것을 탐한 죄가 이리 무섭다. 시만 생각해야지 시 외적인 것을 생각하면 시는 죽는다. 나는 시집을 내놓고 시 외적인 것을 탐했다, 나도 모르게 잠시! 그래서 내 시집이 빈혈에 걸렸다. 발터 벤야민이 보들레르에게서 발견한 영웅적 멜랑콜리여 ──내 시의 우울과 광기는 어디까지이냐. 그 예술이 아니라면 종교는 어떠냐. 내가 얼마 전 다녀온 절두산 성지 순교자들처럼 순교는 못하고 내 시는 정치꾼이 되려느냐. 내 시의 모가지여, 모가지여 참혹한 모가지여!

시를 쓰는 자가 무엇이 두려우랴, 시는 지옥과 천국을 갈 수 있고, 산상꽃밭 천상꽃밭을 만들고, 그 꽃과 별과 더불어 인간의 꽃을 피운다. 우리 시는 자본에 주눅 들었는지 모른다. 내 시는 권력에 주눅 들었는지 모른다. 겁먹지 마라, 우리 시여! 겁먹지 마라, 내 시여! 시가 무엇이 두려우랴, 무덤에는 못 가더라도 비석에는 못 가더라도! 아니다, 그곳이 어딘들 못 가랴, 시여 상복 입은 시여 죽음인들 두려우랴. 내 시의 모가지여, 시의 모가지여! 내 시를 참수하랴.

나는 『검은 별』에서 무엇을 말하려 하느냐, 너는 무슨 시이냐. 무슨 애기를 써놓고 내용을 잊어버린 시집, 아직 시를 묶지 않은 시집, 멀리 떠나보낼 시집, 멀리 떠날 시집! 나는 우주의 암흑에너지와 암흑물질을 검은 별이라 불렀느냐. 모든 별과 하얀 별을 태어나게 하는 근원을 검은 별이라 노래했느냐. 하얀 별 붉은 별 푸른 별 모든 별은 검은 별이지만 또한 검은 별이 아니다. 나는 나도 모르는 검은 별을 왜 불렀느냐, 대답 없는 별의 노래를 들으려! 우주의 울음을 들으려! 내 시는 영원히 무모한가. 겁 많은 소년이 겁 없이 시를 쓰고 이리 꿍꿍, 어서 내 시에서 벗어나라! 내 시여 내 시에서 벗어나라!

자기역할에 갇혀 빠져나오지 못한 어느 연극인을 나는 기억한다. 그녀는 당시 대학생이었고 <어디서 무엇이 되어 다시 만나랴>라는 연극의 주연 배우를 맡고 있었다. 그녀는 너무 연극에 몰두한 나머지 극이 끝나고서도 거기서 헤어나지 못했다. 그래서 급기야 죽기 직전까지 갔다. 그때 마침 구사일생 탈출할 수 있었는데, 다름 아닌 다른 역할을 하고서였다. 우연히 그녀에게 후배를 지도하는 감독 역할이 맡겨졌기 때문이다. 우주 역할은 하나의 역할만 주지 않는가.

그 자기역할은 너와 나, 모두에게 무섭다. 시를 쓴 지 삼십여 년 동안 하얀 별은 삼십 년을 상복 입고 살았다. 시를 쓰는 자는 모두 상복 입고 산다. 시의 장례를 치르기 때문이다. 우주의 장례를 치르기 때문이다. 나는 그 하얀 별의 장례에서 빠져나오지 못하고 있다. 나는 그 죽음의 사유에서 빠져나오지 못하고 있다. 언제 상복 벗으려나, 언제 시의 상복 벗으려나. 나도 시의 혼례를 치르고 싶은데, 무덤의 혼례밖에 없네.

그 자기역할은 누구에게나 무섭고 무섭다. 나는 삼십 년을 상복 입고 시를 쓰며 살며 그녀의 죽음에서 빠져나오지 못하고 있다. 아니다, 그녀가 삼십 년을 상복 입고 살며 내 죽음을 기리고 있는지도 모른다. 내가 쓴 시의 병원, 시의 장례식장은 없는지도 모른다. 내가 시로 쓴 우주 혼례와 우주 장례는 하나인지 모른다. 언제나 그녀는 그곳에 머물고 나만 혼자 상복 입고 떠돈 지 삼십 년, 그녀 하얀 별은 태양인지 모른다. 한 곳에 머물면서 동시에 언제나 길 떠나는 태양!

내 빈혈의 시여, 시의 병원이여! 창백한 태양이여! 나는 오늘도 상복 입고 그녀를 기리지만 그녀는 눈부시게 아름답네. 나는 시의 병균을 옮기며 아파하는데 그녀는 붉은 노을만 보여주네. 내 신음은 어두운 기도가 되지만 그녀 침묵은 찬란한 노래가 되네. 어둠을 수놓는 별은 해쓱하게 밤이 새도록 빛나네. 하얀 별! 그녀는 이중적이지 않은데 우리가 이중적인지 모르네. 지구 반을 비추고 지구 반은 어둠을 만들지만 빛 한 줄기를 남겨 놓아, 그곳에만 비추는 태양, 어느 가난한 지구 성가족의 천막 안이 빛 한줄기로 성화가 피어나기도 하지. ——내 빈혈의 시는 창백한 태양과 눈부신 태양 두 개의 너를 가졌지만 이젠 나도 죽음의 시에서 생명의 시로 나가려 하네. 아니네, 아니네. 천 개의 태양이든 만 개의 태양이든 생사의 얼굴은 하나이네. 우주의 우리가 모르는 태양이 하얀 별이네.

서정의 반성 17

네 개의 가을

1. 육신의 가을

엘리엇은 "4월은 가장 잔인한 달"이라 했지만 서정춘 시인에겐 '11월은 가장 불안한 달'이다. 그도 그럴 것이 예나 지금이나 가난한 자들에게 겨울의 문턱을 넘는 일은 힘겨운 일이다. 늦가을과 초겨울 사이의 11월은 매서운 한파가 기다리고 있는 환절기이다. 매를 맞을 때보다 매 맞기 전의 공포가 더 살벌하듯이, 12월의 상대적 안도감에 비해 11월은 왠지 불안하다. 동사^{凍死}의 계절이 곧 오리라. 얼어 죽지 않고, 굶어죽지 않기 위해 월동준비로 몸이 부산하다. 그래서 11월은 궁핍의 가을, 곧 육신의 가을이다.

너는 가난뱅이 올아비의 작은 딸

나의 배고팠던 누님이 아이보개 떠나면서 보고 보고 울던 꽃

석양처럼 남아서 울던 꽃 울던 꽃

—「봉선화—1950년대」 전문

　서정춘의 '가난 시편' 중 하나이다. 그의 가족사를 짐작하게 할 수
있는 이 시는 이 민족 모두의 초상이기도 하다. 궁핍한 나라, 궁핍한
백성들은 갈 봄 여름 없이 배고팠다. 배고픔은 계절을 가리지 않았지만,
추위까지 닥치는 겨울의 길목은 더 무섭게 느껴진다. 땔감을 들이고,
연탄을 들이고, 김장을 담고, 그러면서도 겨우살이 걱정으로 한숨이
나온다. 겨울의 끝자락까지 무사할지 걱정이 앞선다. 하지만 이런 기억들
은 과거의 궁핍이다. 그렇다면 지금의 그는 어떤가, 현재의 궁핍이 보인다.
여전히 그는 가난하고 몸이 불안하다.

　　단풍! 좋지만
　　내 몸의 잎사귀
　　귀때기가 얇아지는
　　11월은 불안하다.

　　어디서
　　죽은 풀무치소리를 내면서
　　프로판가스가 자꾸만 새고 있을 11월

—「11월」 전문

이 시에서는 먼저 육신의 가을이 등장한다. 우리 육신 중에서 가장 예민한 부분은 어디인가. 보는 눈이 아니라 듣는 귀인가. 가장 공포스러울 때는 눈으로 볼 때가 아니라 귀로 들을 때인가. 사실을 다 보여주는 눈과 다 보여주지 않는 귀는 다르다. 보이지 않는 것까지 보아야 하고, 들리지 않는 것까지 다 들어야 하는 귀는 예민할 수밖에 없다.

"단풍! 좋지"는 눈으로 보는 세상이다. 더 정확히 말하면 눈으로 긍정하는 세상이다. 이 강산 낙화유수 같은 풍류도 느껴진다. 달관의 여유가 있다. 그러나 그것은 곧 이어질 배반을 위한 평화로운 풍경에 지나지 않는다.

눈으로 보는 것은 실상일 수도 허상일 수도 있다. 귀로 듣는 것이 더 정확하다. 그래서 눈이 긍정하는 세상을 귀가 부정하는 이 시는 육신이 육신을 믿지 못한다. 긍정과 부정을 동반하는 육신, 육신은 반란한다. 그러면서도 "단풍"은 자연스레 "잎사귀"를 연상시키고 "잎사귀"는 "귀때기"를 연상시킨다.

그렇다, 육신의 가을이다. 이 모든 일은 "몸"에서 일어난다. 왜 "귀때기(잎사귀)가 얇아지는"가. 추위 때문인가, 혹독한 계절의 예감 때문인가. 그것을 맨 먼저 감지하는 것도 "귀때기"이다. 귀가 시리다, 귀를 비빈다. 나목裸木으로 돌아가기 직전의 거룩한 의식인가. 성자聖者의 "귀때기는 얇아"질 수밖에 없는가.

2. 심리의 가을

육신의 가을이 있다면 마음과 정신, 영혼의 가을이 있다. 심리의 가을이다. 육신이 불안하면 마음도 불안하다. 11월은 늦가을의 비애가 느껴지는 달이다. 죽음에도 그림자가 있다면 죽음의 그림자가 어슴푸레 보이는 달이다. 아니 다시 말하면 보이지 않는 것을 보는 "얇아"진 "귀때기"로 들어, 보는 달이다.

그래서 이 시인은 죽음의 그림자를 본다. 귀로 본다. 귀로 들어서 본다. "죽은 풀무치소리를" 들어 본다. 거기엔 중국 당나라의 이하나 김민부에게서 보이는 귀기鬼氣가 서려 있다.

> 가을은
> 들메뚜기의 翡翠빛 눈망울 속에
> 燈불을 켠다.
> 가을은
> 죽은 가랑잎을 갉는
> 들쥐의 어금니에 번쩍거린다.
> 가을은
> 墓碑를 적시는
> 몇 줄기 비로 내려서……
>
> ―김민부, 「가을은」 부분

"가을은 / 墓碑를 적시는 / 몇 줄기 비로 내"릴 때 을씨년스럽다. "죽은 가랑잎을 갉는" 소리가 들린다. 그 소리는 "들쥐의 어금니에 번쩍거"리는 보이는 소리이다. 그래서 「11월」에 나오는 "어디서"처럼 가깝지도 멀지도 않는 거리에서 들리는, 귀로 보는 소리를 듣게 된다. 있으면서도 없는, 없으면서도 있는 장소에서 우는 "죽은 풀무치소리"를 보게 된다. 그렇다면 이명인가, "죽은 풀무치"가 어떻게 "소리를 내"는가. 비문이지만, 이미 "죽은 풀무치소리"를 심정적으로 보고 있다. 그래서 여기서 "풀무치"는 시인 자신인가.

3. 문명의 가을

그 "풀무치소리"로만 끝나면 역동성이 떨어지는가. 잎사귀(식물성)에서 귀때기(동물성)로 풀무치(곤충)로 프로판가스(광물성)로의 융융한 흐름이다. 하지만 알 수 없는 바람이 거기서 불기 시작한다. 인간에게도 극지방이 있다! 인생의 바다에 이르러 생긴 불안심리, 누구 말처럼 얼어붙은 바다를 도끼로 내리칠 준비를 한다. 그는 언뜻언뜻 느끼는 죽음 때문에 불안하다. 가장 가깝게 죽음을 느끼는 달, 계절적으로 11월에 이르러 불안은 절정에 이른다. 지구의 불안이 극에 달한다.

서정춘 시인에 의하면 지구의 문명이 발견한 액화석유가스인 "프로판가스가 자꾸만 새고 있"기 때문에 예전의 11월보다 더 불안한 문명인들의 11월이다. 월동준비로 연탄을 들이던 시대와는 다르다. 그 가공할 폭발력이 더 극대화되는 것은 "자꾸만 새고 있"기 때문이다. 우리가 모르는 사이, 알면서도 모른 척하는 사이 모아지고 있는 것이다. LPG, LNG만이 아니라 원자력의 핵이 모아지고 있는 것이다. 모아져서 언젠가는 대폭발할 것이라는 예감! 그래서 —— 자연이 경고하듯 —— "풀무치소리"를 내는가. 쉭쉭. 지구의 기계에서도 가스가 새고 있는가. 가스 새는 소리와 풀무치소리를 하나로 듣는 시인, 이미 지구의 불안은 동식물만의 것이 아니라, 광물까지의 총체적인 불안이다.

궁핍의 가을·영혼의 가을·문명의 가을은 하나의 가을이다. **불안**이라는 공통분모를 갖고 있기 때문이다. 서정주는 "가도 가도 부끄럽기만 하더라"라고 했지만, 서정춘은 '살아도 살아도 불안하기만 하더라'이다.

그것은 나만의 안위로서 불안이 아니라, 그의 시 「聖畵」("귀뚜리는 제일 많이 어두운 어두운 오두막 부엌에서 울고")처럼 종교적 연민이 갖는 불안이다.

4. 우주의 가을

우주의 가을은 보이지 않는 가을이다. 우리의 육신과 영혼으로는 상상할 수 없는 가을이다. 이 시인도, 우리도, 너도, 나도 육신의 가을을 겪고 심리의 가을을 겪고 문명의 가을을 겪었을지라도 모르는 가을이다 ──우리 시는 우주 가을의 문턱에 이제야 들어섰고, 우주 장례를 치르기 위해 시의 장례를 치러야 한다. 시의 장례는 지구의 장례요, 우주의 장례다. 우주의 장례는 우주의 혼례요, 지구의 혼례다. 지구의 혼례는 시의 혼례가 아닌가.

서정의 반성 18

고은, 신경림, 김지하, 황동규에게 영향을 준 한하운

병을 섬기며 사는 사람들이 있다. 병과 뒹굴다 마침내 친구가 된 사람들이 있다. 병에 관한 경전인 『유마경』에 나오듯, 이 세상 아프지 않은 중생이 어디 있으랴. 하지만 천형이라 이름 붙여진 질병은 나병밖에 없는 것이다. 문둥이! "해와 하늘빛이 / 문둥이는 서러워"(서정주)도 하소연 할 데가 없는 것이다. 가난도 슬픔이 되고 힘이 되고, 이 세상 모든 게 추억이 있는데, 그들의 슬픔은 힘이 되지 못한다. 모든 게 자기 죄인 양 부끄러워 숨어 살아야 한다.

나병의 역사는 오래 되어서 성경, 불경에도 나온다. 미셸 푸코의 『광기의 역사』에도 나온다. 또 영화 <벤허>에도 나오고, 김동리 소설 『등신불』에도 나오고, 이청준의 『당신들의 천국』 등등 수많은 곳에서 병균처럼 번져 나온다.

문둥이! 천형의 시인으로 한하운이 있다. 그의 이력은 잘 알려지지 않았다. 그래서 잘못 알려진 경우가 더러 있다. 1949년 이병철 선으로 『신천지』 4월호에 「나시인 한하운 시초」로 등단할 때 일이다. 그는 서울의 명동 등에서 유리걸식을 하며 시를 다방손님들에게도 써주었다고 한다. 그 시를 이병철이 소개받아 잡지에 실은 것인데, 한하운은 여전히 얼굴 없는 시인으로 한동안 시만 알려졌다고 한다.

"내가 불우의 시인 천작의 죄수 하운 형을 만난 것은 작년 첫여름이었다. 외우 박용주 형의 간곡한 소개로 정저 없는 유리의 가두에서 방황하고 섰는 걸인 하나를 알게 되었던 것이었다. 성은 한가요 이름은 ××……"라고 이병철은 선정 이유를 밝히고 있다.

그 후, 한하운이 간첩혐의를 받게 된 것도 그와 관련이 있었다고 한다. 이병철의 월북에다, 한동안의 얼굴 없는 시인, 「데모」라는 시가 복합적으로 작용했던 것이다. 『한하운 시초』(정음사) 재판이 나온 것도 관련이 있었다. 1953년 6월 국회에서까지 논란이 되었다고 한다.

서울신문사에 얼굴 없는 시인으로 알려졌던 한하운이 나타나 "내가 한하운이다!"라고 말했다고 한다. 그는 논란이 되어온 '정체불명의 빨갱이'가 아님을 증명하기 위해 나타난 것이다. 그리고 즉석에서 만년필을 달라 해서 쓴 게 「보리피리」라고 한다. 그 육필 원고가 그대로 1953년 10월 15일자 <서울신문>(오소백 기자)에 실렸다고 한다.

보리피리 불며,
봄 언덕
고향 그리워
피르 닐니리.

보리피리 불며,
꽃청산
어린 때 그리워
피ㄹ 닐니리.

보리피리 불며,
인환^{人寰}의 거리
인간사^{人間事} 그리워
피ㄹ 닐니리.

보리피리 불며,
방랑의 기산하^{幾山河}
눈물의 언덕을
피ㄹ 닐니리.

—「보리피리」 전문

　한하운의 인천 생활은 그를 아는 데 중요하다. 그가 이십오 년간
사회생활을 하다 죽은 곳이니까. 그는 인천과 서울을 오가며 수많은
사회사업을 했다. 부평화장장 들어가는 곳에 '성계원'이라는 나환자촌으
로 이주하여 자치회장을 맡기도 하는데, 6·25가 나던 해 3월 서른한
살 때의 일이다. 1955년 5월에는 부평 삼거리 근처에 '신명보육원'을
창설하여 원장이 되기도 한다. 1958년 3월 서울에 '청운고아원' 등을
세운다. 여러 전국 나환자촌에서 활발한 사업을 벌인다. 나환자 자녀를

위한 보호시설, 고아원 등을 많이 세운다. 음성 나병 판단으로 사회
복귀를 하게 된 1960년 7월 서울 명동의 '무하문화사'란 출판사 사장으로
도 활동한다.

그가 마지막으로 살던 곳은 인천 십정동 산39번지 14통 2반 자신의
가정집이었다. ── 물론 거기도 나환자촌이다 ── 그 두 칸짜리 집에서
이십 년을 같이 산 여자가 있다. 유임수(경북 칠곡 출생)라는 분인데,
한하운 시인이 죽고 미망인이라고 소개되었지만 잘못 알려진 사실이라는
말도 있다. 인천의 신연수 시인이 그 집에 찾아갔는데, 자기는 부인이
아니라고 했단다. 한하운 시인을 선생님으로만 모셨노라고.

어쨌든 어릴 적 마음속에 담아 둔 고향의 여학생 R이라는 소녀 ──
그의 자서전 『나의 슬픈 반생기』에 보면 나병에 걸려 고향에 돌아온
직후 '이(리)'라는 아내가 나오는데, '이'가 R이라면 서로가 동일 인물임을

알 수 있다 —— 와 그의 시 「리라꽃 던지고」에 나오는 "의학을 전공"한 P양과 함께 유임수라는 분은 한하운의 중요한 여자임에는 틀림없는 것 같다.

"남한테는 잘 말하지만 나(유임수)에게는 상당히 까다로웠던 분이셨지요……."

1982년 연재한 『한국 현대문학사 탐방』(<한국일보>)에 나오는 유임수(당시 51세) 씨의 인터뷰 기사 내용을 보면 한하운 시인의 성격 한 면을 엿볼 수 있다.

한하운은 간경화로 죽었다고 한다. 김포 장릉의 공원묘지에 그의 묘가 있다. 인천에서 오래 살았고, 가까운 거리여서 그의 묘가 거기에 있는 것은 이상할 게 없다. K시인이 십수 년 전에 그 김포 장릉에서 한하운 묘를 발견하고 만취한 일이 있었다 한다. 소설가 이상락 씨는 완도 끝의 생일도라는 곳에서 중학교 시절을 보냈는데 문예장학금을 받으러 소록도에 갔다고 한다, 그때 장학금을 직접 주신 분이 한하운 선생 같았다는 말을 했다고 K시인이 들려주었다. 함경도에서 태어나고 서울을 떠돌고 전라도로 내려가 살다가 김포에 묻힌 한하운!

태평양 전쟁의 전세는 일본 본토에 가까이 다가왔다. 나는 내 몸에 이상이 오는 것을 느꼈다. 결절이 콩알같이 스물스물 몸의 이곳저곳에 울뚝울뚝 나타나는 것이었다. 검은 눈썹은 자고 나면 자꾸만 없어진다. 코가 막혀서 숨을 제대로 쉬지 못하고, 말은 코먹은 소리다.

거울을 보니 사람의 얼굴이 아니라 바로 문둥이 그 화상이었다. 기절할 노릇이다. 결절은 팔, 다리, 얼굴 할 것 없이 나날이 기하급수로 단말마의 발악처럼 퍼지는 것이었다. 이곳저곳에서 쑥덕쑥덕한다.

하루는 상사가 부른다. "문둥병이 아닌가?"라고 묻는다. 빨리 치료를 하라는 것이었다. 이제는 그만이다. "세상아, 잘 있거라!" 하면서 나는 창황히 집으로 돌아왔다.

고향땅 함흥에 돌아왔으나, 이 꼴로 집에 들어갈 수가 없다. 더욱이 동리 사람의 눈이 무서워서 도저히 밝은 낮에는 들어갈 수가 없었다.

한하운이 나병에 걸린 이야기는 자서전 『나의 슬픈 반생기』에 이렇게 사세히 나와 있다. 그가 그때 쓴 「파랑새」는 그 고통의 극한에 대한 자유와 동경의 역설이었을 것이다. 그가 전라도의 먼 섬 소록도에서 나와 인천의 음성 나환자촌에서 천형의 시인으로 파란만장한 생을 마감하기까지 문둥이 나그네의 황톳길은 계속 이어지고 있었다.

가도 가도 붉은 황톳길
숨 막히는 더위뿐이더라.

낯선 친구 만나면
우리들 문둥이끼리 반갑다.

천안 삼거리를 지나도
쑥세미 같은 해는 서산에 남는데.

가도 가도 붉은 황톳길
숨 막히는 더위 속으로 절름거리며
가는 길 ……

신을 벗으면

버드나무 밑에서 지까다비를 벗으면

발가락이 또 한 개 없다.

앞으로 남은 두 개의 발가락이 잘릴 때까지

가도 가도 천리 먼 전라도 길.

　　　　　　　　　　　　　—「전라도 길-소록도로 가는 길에」전문

　한하운이라는 나그네는 수많은 나그네 시인을 불러 모아 걷게 했다. 길 위에서 그의 시집 『한하운 시초』를 주은 학생 고은이 「폐결핵」 같은 병자노릇을 하게 된 게 그렇고, 장터를 떠돌며 명편 「파장」을 지은 신경림이 그렇다. "못난 놈들은 서로 얼굴만 봐도 흥겹다"를 "낯선 친구 만나면 / 우리들 문둥이끼리 반갑다."로 읽어도 좋을 것이다. 또 김지하의 「황톳길」은 가다 가다가 "황톳길에 선연한 / 핏자국 핏자국"을 보게 된다. 그 길은 "가마니 속에서 네(애비)가 죽은" 역사의 현장으로써 피 흐르는 길이다. 그리고 황동규 역시 나그네로서 「풍장風葬」이 있다. 한하운의 시 「인골적人骨笛」에 나오는 "사막의 풍우로 버려진 풍장"도 풍장이지만, 그의 수많은 나그네 시 역시 이 땅의 길 위에서 풍장을 꿈꾸고 있다.

서정의 반성 19

우주 시마파

　모든 시인은 시마파詩魔派이다. 다시 말하면 모든 진정한 시인은 시마파이다. 이 말은 과거파, 미래파에 대한 단순한 도식적 구분이 아니다. 신예술사조를 논하려는 게 아니다. 반서정의 그림자가 드리워져서도 아니다. 근대시 100년이라지만, 어느 시대에도 잃어버리지 않던 서정의 순수와 그 많던 시장詩匠들이 보이지 않는다. 세계시에 간신히, 간신히 도달하려는 순간 한국시는 멈춰버렸다. 아니 자본주의의 소금을 뿌린 배추처럼 시들시들 힘을 잃고, 무슨 파벌의 양념에 절여져 타락해 버렸다. 지금 한국시의 초라함을 모른다면 그건 깨어있는 시인이 아니다.

　김수영이 「長詩 1」이라는 시에서 "長詩만 長詩만 안 쓰려면 돼"라고 한 것은 당시의 욕망으로써 장시를 경계한 것이지 장시 자체를 얘기한 것이 아니다. 요즘의 단시가 욕망이 되기까지, 장시가 유행하던 ── 한국시에 제대로 된 장시가 과연 있는가——시대를 지나 단시만이——그것도 인터넷이나 신문쪼가리의 아주 짧은 단시——대중적으로 살아남을 거라는 계산된 혐의가 보인다. 내가 여기서 시의 길고 짧음을 강조하려는 것이 아님은 물론이다. 서정이 욕망이 되기까지 김수영의 한계를 극복하려는, 극복한 시인이 아무도 없음을 말하려는 것이다. '短詩만 短詩만 쓰면 돼'라고 어느 시인도 외치지 않았듯, 이 지구의 시 공화국이라 할 수 있는 한국에서 세계적인 장시가 나올 수 없는 환경이 안타깝다. 그런 의미에서 김수영도 본의 아니게 혐의(?)가 있는데, 김수영 추종자들이 너무 많아서 걸림돌이 된다. 그의 명편들을 폄하하려는 것은 아니지만, 서정 시인이여——당시 드물게 그는 외국시를 제대로 읽어냈다——세계 거장들의 장시를 제대로 읽었는지 의문이다.

오히려 고대의 향가인 제망매가나 고려가요, 조선의 가사, 근대의 소월, 미당 시편들이 세계적이라면 동감하는 시인이 있을 것이다. 이를테면 요즘 젊은 서정 시인들은 얄팍하게 소월이나 미당, 백석을 베끼는 것이다. 패러디보다 나쁜, 시 정신의 부재가 한국시를 낙후시키며 서서히 죽이고 있다. 더구나 상품화되고 위장된 서정시를 말해 무엇하랴. 선한 시인이여, 선한 시의 가면을 벗자. 위험한 선악의 구분에 기도나 할 일이다. 진정한 소통은 고전해서 얻은 고전이다. 역설적이게도, 젊은 김수영이 그립다.

시인이 시를 말해 무엇하랴. 다만, 우리 시에 과학적 사고가 결여되어 있다는 것이다. 우주를 말하는 시들도 너무 막연하게 서정시라는 이름으로 위장된 경우가 많다. 우주의 생로병사를 과학적으로 알지 못하면 시의 생로병사를 알 수 없다. 하루하루에도 생로병사는 일어난다. 아니면 삶과 죽음을 놓고 볼 때 생로병사가 없다, 아예 우주적으로 없다고 판단

할 수도 있다. 생각은 무서운 것이지만 과학이 없는 시적, 선적 깨달음은 한계가 뚜렷하다. 인문, 예술, 철학, 종교, 문학의 인간 연구는 자연과학과 어우러져야 한다. 우리 시에 동양적 시와 서양적 시가 구분되는 것도 바로 그 때문이다. 동서양을 아우르는 거대 장시든 단시든 과학적 사유의 결여는 세계에 대한 사유, 우주에 대한 사유에 또 다른 걸림돌이 된다.

인터넷신 게임신의 출현도 바로 거기서 보아야 한다, 아니 그 무풍지대에 들어가야 한다. 우리 시는 요즘 영화보다 만화보다 소설보다 첨예하지 못하다. 이미 시는 시대의 성감대가 아니다. 거대 자본의 욕망을 읽어내려면 진정한 시의 욕망이 필요하다. 여기서 시 욕망을 시인의 욕망으로 읽지 마라. 오히려 시인의 욕망이 최소화돼야 시 욕망은 극대화된다. 서정의 이름이 욕망이 되고, 전혀 생태적이지 못한 생태시가 생태라는 욕망의 이름을 얻었다.

조르주 바타이유의 『에로티즘』(조한경 역, 민음사, 1989) 서문을 보면 에로티즘을 "죽음까지 파고드는 삶"이라 한다. 시의 에로티즘은 죽음인지 모른다 —— 죽음을 담보로 하지 않는 시는 진정한 환희의 송가가 아니다 —— 결국 여기에 고민이 있다. 시의 생로병사는 죽음의 시편에서 정점에 이른다. 살해 욕망과 살해당하려는 욕망이 충돌하는 접점이 존재한다. 우주의 눈은 별이 죽는(폭발하는) 순간 생긴다. 그 아름다운 눈은 새로운 탄생의 눈이어서 먼 우주를 건너 눈부시다.

죽음도 욕망이다. 하물며 욕망에는 좌도 우도 없다고 하면 불경죄인가! 역사는 그걸 말한다. 시사詩史도 시사詩思도 문학사도 그걸 말한다. 신성불가침도 모독도 문제가 되지 않는데 인성불가침人聖不可侵이 문제다. 한국문학, 한국시의 자유는 실현되지 않았노라, 좌니 우니 사상은 자유이지만 —— 한국인에게 분단무의식은 치명적이어서 사실상 사상의 자유는 실현되지 않았다. 분단극복의 의지가 있는 쪽이나, 분단극복의 의지가 없는 쪽이나 모두 분단무의식의 피해자인지라 온전한, 별(융합)의 우주적 사유를 할 수 없다―한국문학에 자유는 없노라고 작은 나라 작은 문학(?)이 더 알려지면 세계작가들은 의구심을 드러낼지 모른다.

사랑의 욕망은 생사의 욕망이어서 쉬이 입을 벌리지 않는다. 우주의 블랙홀이 검지 않고 파란 것이나, 11차원으로 접혀진 것을 눈 여겨 보라. 내 몸의 화이트홀을 보라. 장시의 얼굴은 다면체이다. 일면이 아니다. 아무리 읽어내려 해도 그때그때 다르다. 서산 마애불 얼굴의 경지가 그것이다. 우주의 빅뱅은 한 곳에서 일어나는 게 아니라, 동시다발 적으로 여러 곳에서 일어난다.

시에서도 그렇다. 시의 빅뱅은 동시다발적으로 일어난다. 개인에게서 도 동시다발적으로 일어난다. 그것을 ― 우주의 ― 시마라 이름 붙인 것뿐이다. 시마파는 과거도, 미래도 아니다. 오직 순간일 뿐이다. 과거와 미래가 접혀진 순간을 말하지만 우주적 시간은 그리 단순한 게 아니다. 아 중력이 시간을 잡아먹고 뱉어낸다, 오 중력의 어머니! 오 중력장 방정식이여, 우주에 존재하는 모든 것은 움직이는데, 정해진 측지선을 따라 움직인다! 시공은 흐르지 않는 얼어붙은 강이라는데, 무엇이 우리를 흐르게 한다. 우리는 중력의 운명을 모르기에 우리의 운명을 모른다. 시인은 시의 중력을 모르기에 시의 운명을 모른다.

시는 시인이 욕망을 드러낼 때, 이빨을 드러낸다. 오랜 금기는 안팎에 동시에 있다. 스스로 만든 금기가 더 무섭다! 우주는 카오스의 욕망이다. 시의 문법은 삶의 문법과 죽음의 문법을 동시에 갖는다. 순정의 욕망마저 버릴 때, 욕망은 좌도 우도 없다. 욕망의 이빨을 드러내며, 마포麻浦 빌딩들 이 죽순처럼 자란다. 건물 1, 건물 2, 건물 3…… 옛 비석이 파헤쳐진

파묘 자리에 비석이 자란다. 건물은 건물을 먹고 자란다, 비석은 비석을 먹고 자란다. 너무 빨리 자란 건물은 균열을 모른다, 너무 빨리 자란 시는 균열을 모른다. 아침부터 저녁까지 균열을 모른다, 먼 시골부터 도회지까지 균열을 모른다, 우주의 균열을 모른다!

지금 한국시는 균열을 느끼면서도 모두 모른 체하는 최소한 정직성마저 사라져 버렸다. 균열은 어디서 오는지 모르게 이미 균열을 넘어 또 다른 균열로 금간다. 오, 생은 균열을 모른다. 오, 죽음은 균열을 모른다. 오오, 시의 생사의 균열을 모르는 요즘 시단은 스무 몇 해를 넘긴 죽음의 시집 하나를 감당키 어려운 지경이다. 모든 진정한 시는 유고시 — 산 자보다 죽은 자가 시를 잘 쓴다는 말은 가능한가. 그건 이미 자신도 모르게 죽기 전에 죽음이 와 죽음의 시를 쓴 것이기에, 죽기 몇 년, 몇 달, 혹은 며칠 전이라도 상관이 없다. 우주 블랙홀 특이점을 보면 우주를 볼 수 있지만, 결국 살아서는 볼 수 없는 것처럼, 아무리 시인이 시의 죽음의 특이점을 보려 해도 볼 수 없는 죽음의 시가 아름다운 비극이기 때문이다 — 라는 걸 안다면 그리 주눅들 일이 아니지만, 과연 죽음을 통과한 그런 생사의 비명^{碑銘}이 다시 써지겠는가. 머리만 있고, 가슴만 있고, 몸뚱이만 있어 각각 파편화된 요즘 시에 어디 시혼이 있겠는가. 서정시야말로 전위라는 말이 있지만, 앞으로 우주적 서정, 우주적 서사, 우주적 사랑을 노래하고 그리지 못한다면 모두 헛말이 되고 말 것이다. 시간^{詩姦}처럼, 인터넷 변종 바이러스 이름들의 두려운 욕망이 될 것이다 — 우리 시의 본령은 비가와 송가 사이 무애가^{無碍歌}의 우주적 장시, 단시인지 모른다, 그런 시는 아직 써지지 않았다, 써지지 않았다 믿고 써야 한다 — 그리하여 시의 욕망보다는, 시인의 욕망을 가장 잘 숨긴 요즘 서정시? 인터넷 화면^{畵面}이나 저널리즘에 집착하는 서정시?

미래파는 그 죽음의 시와 결별할 힘이 있는가.

구더기 무서워 장 못 담그는, 미래파를 요설이라 하며 매도하고 설익은 키치라며 외면하는 과거파는 더 문제이지만, 미래파들이 "소외에 적응함으로써 소외에 저항한다"는 뜻도 타당한 듯이 보이지만, 그보다 더 문제는 두 은하의 거리가 너무 멀다는 것이다. 칠월칠석 은하의 다리를 건너 일 년에 한 번이라도 견우직녀가 만나려면 오작교 다리가 필요한데, 우리에게는 그 까마귀 떼들을 인정하지 않는 까치들이 많아 긴 다리가 만들어지지 않는다. 다리 하나면 되는데, 문제는 단순하지가 않다. 키치의 쓰레기 문화가 자본의 그늘을 먹고 자라 자본을 베고 자신을 베는 양날의 칼날을 가졌듯이 쓰러지는 자신을 일으켜 세우고, 자신들이 베어 버린 애비들을 부축하기에는 힘이 없어 보인다. 지구의 키치만이 아니라 우주의 키치도 생겨날지 모르기에——우주에는 쓰레기가 없다 할지 모르지만——어쩔 수 없이 그 시의 죽음이 안타까워 은하상여를 떠올린다. 혹 죽음이라면 죽음을 업고 갈지 모른다. 허망한 게 아니라 생이 죽음을 업고 죽음이 생을 업어 은하의 긴 다리를 놓을지 모른다는 생각에서 하는 말이다.

시는 말하지 않고 말하는 것이라도, 시의 입을 봉할 수는 없다. 시의 항문으로 글을 쓸 수는 없다. 이미 시의 입과 항문을 하나로 보는 시인도 있지만, 시는 상상의 산물이냐, 상상의 산물이 아니냐는 해묵은 메타성 논쟁은 어려운 숙제이다. 아무리 시인이 시에 권력을 휘두르지 않아도 시는 상처를 받게 되어 있다. 예쁜 자식 매 하나 더 든다는 말도 있지 않는가. 모든 실험적인 시는——내용 실험이건 형식 실험이건——상처를 받게 되어 있다. 시인은 상상을 안 하려 하면 할수록 더 상상하게 되고, 의미를 해체할수록, 날것의 시를 얻으려 하면 할수록 상처를 내게 된다. 예컨대 시인과 시를 분리할수록 아이러니하게도 더 밀접해져서 간섭하게 된다. 시의 간섭은 간섭을 낳는다, 간섭하지 않으려 해도 간섭을 낳는다! 의미 중독도 무섭지만 무의미 중독은 더 무서운지 모른다.

　아직도 근대는 진행 중이다. 묘하게도 그건 탈근대와 동시에 진행 중이다. 다시 말하면 우린 근대문학을 극복해가는 동시에 탈근대문학을 이룩해 나가야 한다. 이중의 지각판을 갖는 문학 지형을 형성한 것이다. 두 장의 문학 지도를 그려서 다시 지우고, 지우고, 지우고 하나의 새 지도가 완성될 때, 우린 세계문학 지도를 갖게 될 것이다. 그것은 이천 년 우리 문학이 이미 이룩했을지도 모를, 이룩해야 할 시업詩業, 또 하나의 우주 성도星圖인 것이다.

서정의 반성 20

우주의 사랑

나는 어서 죽기만을 바라고 살았는지 모른다

오늘

시간은 죽지 않는다, 시간은 살아있다

요즘

고급시계가 유행한다지만 나는

그가 죽으며 유품으로 남긴 낡은

손목시계를 차고 학교에 간다

나는 그녀의 애인이었고 삼십 년 전에 죽은 그가 찬 시계를 차고

애인이 된 그녀가 준 시계를 차고 학교에 간다

언제 마지막이 될지 모르는

시 수업을 위해

시간을 거슬러 나는 시의 계단을 오른다

애인이여, 애인의 시계여

4년 동안 너를 차는 동안 죽음은 늘 제자리에 있었지만

　내 졸시 「애인의 시계」를 선물로 놓고 간다. 여러분, 여러분의 여러분께 지난 이 년의 선물로 놓고 간다. 나는 시와 시설문학을 강의하며 한국시의 자부심과 실패를 동시에 경험해보는 시간을 가지려 했다. 여러분, 여러분의 여러분은 시의 빛나는 순간을 보았는가, 시의 어두운 시간을 보았는가.

　내가 지금 차고 있는 이 손목시계는 하얀 별이 준 것이다. 우리 시처럼 끈이 낡아가며 질긴, 우리 시처럼 여전히 시간이 가는, 빛나는 시침과 분침을 가진 이 시계, '하얀 별' 그녀가 준 것이다. 그녀의 애인이 준 것이다. 그녀의 애인이 죽으며 남긴 시계를, 죽은 그의 어머니가 그녀에게 전해 준 것이다. 그녀가 내게 준 것이다. 내가 죽은 그에게 준 것이다. 그가 죽으며 남긴 것이다. 그의 어머니가 그녀에게 준 것이다. 그녀가 내게 준 것이다…….

　내게 시의 시간이 몇 시인지 모른다. 삶의 시간인지, 죽음의 시간인지 모른다. 하얀 별이란 그녀는 내게 시계만을 준 게 아니었다. 내게 죽음의 시간을 주었다. '죽음의 시간'이라고 하니, 여러분이 의아해 할지 모르니, 다시 말하겠다. 그녀가 내게 사랑의 시간을 주었다. 죽음은 사랑이다. 변치 않는 죽음은 변치 않는 사랑이다. 산 자들의 사랑은 믿을 수 없다. 죽음의 사랑을 그리는 게 문학이다.

　그녀의 애인은 스무 살 청년이었고, 운동권이었고, 간암으로 죽었다.

그 후 갈래머리 소녀는 상복 입은 여자가 되고, 삼십 년을 상복 입은 여자가 되고, 드디어는 하얀 별이 되었다. 그 죽음의 시계, 죽음의 시간을 내게 전해주기 전까지는 상복을 벗을 수 없었다. 하얀 별의 사연을 나는 받아 적었다. 그녀는 제가 제게 얘기했을 뿐이지만 우연히 받아 적었다. 그녀는 시인이고, 이야기꾼이고, 나는 대필가로 그냥 받아 적었다. 그녀를 사랑하는 것은 그냥 받아 적는 것이다.

그래서 그녀가 상복 입은 것을 보았고, 그녀가 상복 벗는 것을 우연히 나는 보았다. 그녀 상복을 벗더라도, 그녀는 하얀 별이기에 은은히 빛날 뿐, 누설하지 않는다. 그녀에게 너무 가까이 가도 눈이 멀거나 타죽고, 그녀에게 너무 멀어져도 얼어 죽는다. 우주에서 가장 아름다운 눈이지만, 그녀가 누군지 아무도 모른다. 나는 그녀가 누군지도 모르고, 그녀를, 그냥 받아 적은 것이다.

> 침울하게 채를 거두어 줄에 꽂고
> 옷차림을 정돈하고 일어나 얼굴을 가다듬었다.
> 스스로 말하기를, 나는 본래 장안 여자로
> 하마릉 아래에 살았는데
> 열세 살에 이미 비파를 익혔고
> 교방에서도 으뜸이었습니다.
> 한 곡조 타면 스승들도 탄복하고
> 화장을 하면 기녀들의 질투를 받았습니다.
> 오릉의 청년들이 다투어 찾아왔고
> 한 곡 끝날 때마다 붉은 비단, 셀 수 없이 받았습니다.
> (중략)

남동생 싸움터로 가고 양모 또한 죽고 나니
저녁 가고 아침 오면 얼굴빛도 시들어갔소
대문 앞은 말 타고 찾아오는 이 없이 쓸쓸해지고
늙은 이 몸 장사치의 아내가 되었습니다……

하얀 별도 그랬지만 사랑이 거창한 것만은 아닐 것이다. 우주의 사랑이
뭐, 거창한 게 아니라 퇴기의 사랑이라고 해도 좋을 것이다. 퇴기의
한탄을 얻어듣고 쓴 시, 세계문학의 명작, 여러분, 여러분도 알고 있는
백거이의 「비파행」이 그런 게 아닌가. 지구의 가을이 우주의 가을이고
우주의 가을이 인간의 가을이라면, 우리 모두 퇴기인지 모른다고 생각한
적이 있다. "모든 시는 연시인지 모른다. 연시를 꿈꾸지 않는 시가 어디
있으랴, 죽음의 시야말로 연시이다! 삶의 시도 연시이지만 죽음의 어두운
광채가 없으면 진정한 연시가 아니다." 내게 이런 말을 하게 한 것도
퇴기인지 모른다. 모른다, 모른다. 백거이인지 퇴기인지 모른다. 그 하고
많은 비파를 타는 여인 중에 「비파행」에 나오는 퇴기인지 모른다. 우리를
모두 퇴기이게 한 것은 시의 위대함인지 모른다. 이 세상에 하찮은 만남은
없으니, 퇴기와 백거이가 만나 우주 한 모퉁이를 물들인다.

아까도 말했지만, 모든 시는 받아쓰기 결과라 생각한 적이 있다. 우주에
서 받아쓰기, 자연에서 받아쓰기, 문명에서 받아쓰기, 사람에게서 받아쓰
기, 내가 내게서 받아쓰기, 또 받아쓰기, 받아쓰기…… 우리는 받아쓰는
시인이다. 다만 어떻게 받아쓰느냐가 문제겠지만, 그것도 그냥 받아쓰기
일뿐이다. 그냥 받아쓰려면 퇴기만 되면 된다. 애인이 되면 된다. 애인의
애인이 되면 된다. 산 자의 애인이 되면 된다. 죽은 자의 애인이 되면
된다.

나는 어찌하여, 햇볕만 먹고도 토실거리는 과육이 못 되고, 이슬만 먹고도 노래만 잘 뽑는 귀뚜라미는 못 되고, 풀잎만 먹고도 근력만 좋은 당나귀는 못 되고, 바람만 쐬이고도 혈색이 좋은 꽃송이는 못 되고, 거품만 먹고도 영롱히 굳어만지는 진주는 못 되고, 조락凋落만 먹고도 생성의 젖이 되는 겨울은 못 되고, 눈물만 먹고도 살이 찌는 눈 밑 사마귀는 못 되고, 수풀 그늘만 먹고도 밝기만 밝은 달은 못 되고, 비계 없는 신앙만 먹고도 만년 비대해져 가는 신神은 못 되고, 똥만 먹고도 피둥대는 구더기는 못되고, 세월만 먹고도 성성이는 백송은 못 되고, 각혈만 받아서도 곱기만 한 진달래는 못 되고, 쇠를 먹고도 이만 성한 녹은 못 되고, 가시만 덮고도 후끈해하는 장미꽃은 못 되고, 때에 덮여서야 맑아지는 골동품은 못 되고 (중략) 내 신부여, 그러나 넌 한 마디의 울림도 보내지 않고, 무덤인, 무덤인 이 얄미로운 여인아, 바람길에라도 너는 한 마디의 기별도 없고, 나는 뜻뿐인, 말이 말이 아닌 말을 짖어대고 있는데, 그러는 사이, 하릴없이 밤도 지새어, 너 죽은 지 이틀째.

죽은 애인이여, 애인이여! 죽은 애인은 산 자의 애인이다. 산 자는 죽은 자의 애인이다, 우리 모두 죽은 자의 애인인지 모른다. 파계승 얘기인 박상륭 『죽음의 한 연구』의 한 대목을 보면 소설이지만 시적인 감흥을 맛본다. 죽은 지 이틀이 된 애인 앞에서 울지 않을 자 누구랴, 설사 웃더라도, 그 긴 강의 늪 속에서 허우적거리다 빠져죽지 않는 자가 웃는 웃음, 이미 물기가 말라 있을 뿐, 속울음 아닌가. 마른 울음, 사막이 된 인간의 울음. 우주 사막, 인간 사막도 우주의 사랑인가. 퇴기의 사랑도 파계승의 사랑도 시인의 사랑도 우주 사랑인가.

퇴기는 백거이이고 백거이는 퇴기가 되었다. 파계승은 박상륭이고 박상륭은 파계승이 되었다. 어느 사랑도 우주의 풍화작용을 견디지 못하고, 바위 같은 맹세도 모래가 되겠지만 죽음도 영원하고, 죽은 자의 사랑도 영원하다. 산 자가 사랑하는 게 아니라 죽은 자가 사랑할 때 영원하다. 산 자는 죽을 때까지 변하고, 죽어서야 사랑은 이어지며 시작된다. 시는 직설이 아니라 역설이기에 우주의 사랑은 죽음인지 모른다. 아직도 문학을 하는 이유는 죽음은 영원하기 때문인지 모른다. 누가 있어 죽음을 안다고 할 수 있는가. 모르기 때문에 시를 쓴다. 나도, 여러분도, 여러분의 여러분도 모르기 때문에 시를 쓴다.

최근에 한 평론가는 시는 위로가 아니라 고통을 들추는 것이라고 했지만, 고통의 위로라고 하면 어떨까. 죽음의 위로, 인간에게 가장 필요한 건 죽음의 위로인지 모른다. 영원히 위로받을 수 없는, 위로받지 못하는 인간의 죽음, 그러기에 죽음의 위로는 계속 된다. 죽음 받아쓰기는 계속 된다. 우주의 일을, 일상을 잘 받아쓰는 게 문학의 일이다. 시인은 죽음을 받아쓰는 자이다. 내용과 형식의 문제도 마찬가지이다. 내용이 주가 된 실험이건, 형식이 주가 된 실험이건, 내용과 형식을 동시에 밀고 가는 실험이건, 전통 서정시이건 모두 받아쓰기이다. 우주의 일은 우리 일상과 닮았기에 모두 우주 받아쓰기이다.

그 아픔과 죽음은 애인들이 이별하며 사별하며 남긴 신음이다. 어느 시인의 말마따나 신음의 기도이다. 기도의 신음이다. 하지만 모든 나무들이 기도하며 서 있더라도, 어쩌다 삐딱하게 누워있더라도, 나무가 다 종교적이라면 나무가 아니다. 사람이 다 종교적이라면 사람이 아니다. 사람은 걸어가며 기도도 하고 비석도 될 수 있지만, 시가 다 종교적이라면 시가 아니다. 우주가 다 누설하지 못한 게 시다. 우주가 봉인한 게 시다.

내용을 봉하고 싶은 게 시다.

　그러니, 보라! 여러분, 여러분의, 여러분의 삶을 봉하고 싶은 게 시다! 봉하고 싶은 게 없을 수 없고, 내용을 봉하고 싶은 게 시다! 내용을 봉하는 게 시다! 내용을 봉하고 싶지 않는 자 누구인가, 내용이 아름다웠던 시대가 저문 게 아니라 아예 없었다. 우리에게 연애가 있었던가, 시의 연애가 있었던가. 애인이여, 애인이여, 시의 애인이여, 죽은 애인이여!

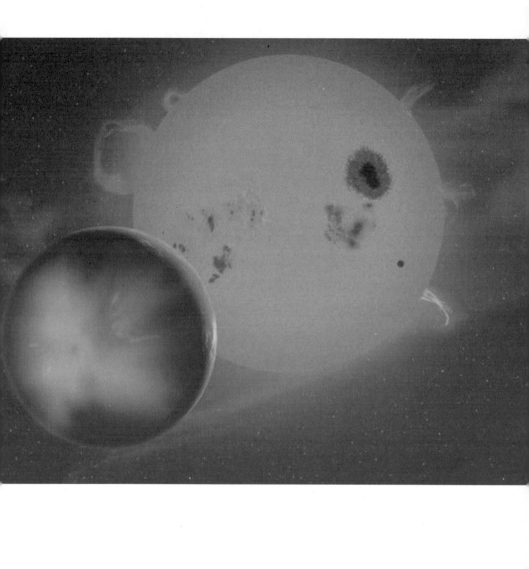

서정의 반성 21

시설론 3

    나는 내 시설부터 반성해야 한다. 무모하게, 시도 모르면서 시설을 썼으니 말이다. 모르긴 몰라도, 아무도 봐주지 않을 것이기에 이 글마저 무의미할 것이다. 서정시가 죽어가는 이때, 시의 불사조 그 무엇을 찾겠다고. 서정시도 서사시도 극시도 아닌 이상한 시를 쓰고 있으니 누가 있어 시설을 알아보랴, 누가 이 시를 알아보랴.

    나는 그러나, 아직도, 먼지처럼 근질근질하다. 내 온몸이, 손가락 끝에서, 내 시가, 한국시가, 근질근질하다. 내 육체는 오롯이 시로 근질근질하다! 울컥, 울음이 근질근질하다! 왜인지 모르지만, 민족문학을 포기하라는 말도 들리지만, "인간은 노력하는 한 방황한다"는 진술도 수없이 몸에 새기지만, 어디 파우스트의 사유가 우주의 사유가 될 수 있는가?

    현대 우주론에서 우주문학은 민족문학과 세계문학을, 그것을 뛰어 넘는다. 그것을 뛰어 넘는 데 있다. 아니 뛰어 넘어야 한다! 내가 아니더라도, 네가 아니더라도, 우리가 아니더라도, 누군가가! 우주문학의 텃밭을 일구어야 한다. 왜냐하면, 지옥의 문 앞에서 희망을 버린 단테도, 천상의 베아트리체도, 파우스트와 마르가레테도 보지 못한 우주의 영역이 지금 펼쳐지고 있기 때문에.

다시 말하지만 그것은, 민족의 문제만이 아니라 인류의 문제만이 아니라 우주의 문제이다. 지구에서 우주를 바라볼 게 아니라 우주에서 지구를 바라봐야 한다. 모든 걸 역으로, 피라미드를 거꾸로, 역피라미드로! 그러려면 반드시 지구적 사유를 내려놓아야 한다. 인간적 사유를 내려놓아야 한다. 우주적 사유가, 우주 과학, 우주 종교의 사유가 필요할지 모른다. 인간의 악마성이 진화하는 건, 꼭 독단적 선 때문일까? 선도 악도 인간신이 만든, 지구인의 신발 같은 것 아닐까? 너무 신고 다녀 너덜너덜해진, 그러나 버리지 못한 지구인의 유산! 아무리 고전이라 해도, 괴테도, 단테도 갈아 신어야 할 신발 아닌가? 그것은 무엇일까? 우주적 숙제?

나는 평생 숙제를 해야 한다. 그러다 광인이 될지도 모른다. 광녀여, 광녀여, 우주의 광녀예! 광인이여, 광인이여, 우주의 광인이여! 나는 우주를 모르기에 숙제를 한다, 우주 가락을 받아쓰려 죽음의 악보를 훔치려 했다. 나는 시인이 되어, 광인 과학자를 만나고, 광인 음악가를 만나고, 숱한 묘지기들을 만났다. 하지만 어디에도 우주 탄생의 악보는 없었다.

우주 게임을 하다가, 게임 시를 쓰다가, 우주 과학의 시를 쓰다가, 우주의 긴 이야기를 시로 쓰다가, 우주 여자의 사랑 이야기를 쓰다가, 사람 여자의 사랑 이야기를 쓰다가, 우연히 사람 여자 임신 기간과 우주 여자 임신 기간이 일치하는, 나도 모르게, 일치하는 시를 쓰다가, 하얀 별이란 여자를 만나 사랑한 이야기를 쓰다가, 검은 별이란 여자를 만나 이별한 이야기를 쓰다가, 어언 십 년 세월, 우주 백 년 세월이 흘렀다. 다시 꿈에서 깨어나 보니, 어느 청년이 여태 무슨 글을 쓰고 있다.

아름다운 무덤이여 봄날의 혼례여
내 시설詩說을 들어라

하얀 웨딩드레스 입은 그녀 어디 갔는가
내 무덤 앞에 상복을 벗어던지고
황사의 사내가 오는 날
그와 혼례를 치르느라 면사포로 얼굴 가리는가
도시의 빌딩은 묘비처럼 뿌옇고
봄 혼례여 천지사방이 먼지의 꽃이 피어
먼지의 잔치 사흘 밤낮
치러져도 하얀 웨딩드레스 입은 그녀, 목련같이 옷을 입고 무덤가에
진달래 같은 신을 신은 **봄 혼례여 혼례여**

우리는 무덤에 대고 맹세한다
우리는 무덤에 엎드려 맹세한다

모든 맹세는 무덤인 것을.

그 청년은 누구인가, 여태 시를 쓰고 있느냐, 봄이 지나 가을이 오도록! 우주 가을 지나 우주 겨울이 오느냐. 하얀 별을 기다리느냐, 청년아,

청년아! 하얀 별이 가면 검은 별이 오느냐. 검은 별을 기다리느냐, 왜 자꾸 기다리느냐, 왜 자꾸 우느냐, 눈동자도 없는데!

게임은 게임을 신으로 삼는다; 묘비에서 울음이 들리는 게 아니라 빗돌 밖에서 울음을 져 나르는 흰 눈동자(雪瞳子)가 있다. 악마에게 동공을 빼앗겨 그 흰 동굴은 세상에서 가장 깊다. 찬바람 불면 흰 눈 내리고 눈보라 속에서 돌아오는 악마가 보인다. 깃털의 가장 부드러운 눈송이가 눈을 씨르는 무기이냐, 눈은 무기의 장이다.

그 청년은 하얀 별을 탐한 죄로 눈을 잃었다. 아름다움과 착함을 탐한 죄로 악마를 보았다. 하얀 별 앞에서는 모든 게 타버리므로, 재미저도 없다. 내 묘비도 타버렸구나, 내 시도 타버렸구나! 청년은 하얀 별을 기다린다. 청년이 깨어보니 노인이 앉아있다. 여태 시를 쓰고 있느냐, 노인아, 노인아, 누굴 기다리느냐. 왜 우느냐, 하얀 별을 기다리느냐.

아름다운 무덤이여 가을날의 혼례여
내 시설(詩說)을 들어라

가을 혼례는 장례와 함께 치러진다. 내가 병이 깊어 장례와 혼례는 치러진다. 그녀가 그 사내와 내 묫자리를 보러 다닌 걸 나는 죽어서야 알았다. 그해 가을 혼례를 위해 공동묘지는 억새 무덤을 이루었고, 그 무덤들은 내가 며칠 후 오리란 걸 알고 있었다. 그녀와 그 사내는 묫자리를 둘러보기 시작했다, 내 묫자리를 둘러보던 그들이 묫자리 위에서 정사(情事)를! 묘지 위의 정사를!

가을 혼례는 그녀의 장례였다, 그녀는 상복 입고 날마다 제 장례를 치른다. 내 못자리를 위로하던 그 사내의 손이 그녀 못자리를 만들었다, 그녀는 제 무덤을 그리며 산다! 가을 장례는 국화의 혼례 국화를 보러 사람들이 거리를 홀러 다닌다. 모두 노랗게 핀 얼굴을 하고 하얗게 핀 얼굴을 하고 한 곳으로만 몰려다닌다. 그녀를 위해 내가 쓴 시, 그녀에게 바친 화환이 모두 장례식장에 모여 있다.

그 청년은 하얀 별의 애인이었다. 시를 쓰는 시인이었고, 시설을 쓰기 시작했다. 하얀 별과 사랑 이야기를 소설로 쓸 수 없어, 긴긴 시로 썼다. 하얀 별은 어쩌면 아득히 고대 해가의 수로부인이거나, 향가의 제망매이거나, 바리데기이거나, 태양이거나, 천수천안이거나, 십일면관음이거나, 더더욱 아득히 우주 탄생의 암흑물질이거나, 무엇이거나, 마음속 우주를 그리려 했다. 마음은 뵈지 않아 좋더라던 하얀 별의 고백을 듣고. 하지만 그 청년의 시설은 완성되지 않을 것이다. 그는 죽은 자이기에 산 자는 모를 것이므로. 아무것도 말하지 않는, 아무것도 새기지 못한 백비의 이야기이므로. 흑비의 이야기이므로, 검은 별아, 검은 별아, 내 몸에 시를 새겨다오!

아름다운 무덤이여 하얀 별이여
내 비설^{碑說}을 들어라

그녀 이야기는 모두 묘비에서 비롯되었다, 그 오래된 비석 희미해지고 희미해져서 검은 비석이 하얀 비석 되어갔다. 그녀 사랑 묘비를 남겼지만 단 한 줄의 아무 고백도 하지 않았다. 그녀 사랑 붉게 부풀어 오르다 하얘져가는 태양의 고백이다 **하얘져가는 백비여**

　나는 내가 아직도 그 청년이라 착각하는가, 하얀 별의 애인이었던 그 청년, 죽은 그 청년, 나와 눈동자가 닮은 청년, 평행 우주는, **평행 사랑도 가능한가**. 언젠가 그 청년은 하얀 별이란 긴 시설집을 낼지 모르지만, 우주는 영원히 미답이어서 먼지 하나의 이야기도 아니란 걸 안다. 먼지 하나가 우수의 임계점에 도달하면 빅뱅이 될지 모르지만, 이 청년이 쓰려던 것은 보르헤스처럼 인간만의 시각은 아닐 것이다. 단지 문학의 과학이 아니라, 과학의 문학이 어느 때보다 절실한 것은 여전히 인간신의 문제로 고통(?)받고 있는 지구의 임계점이 아슬아슬해서일 것이다. 어느 심리학자의 "인간의 욕망은 타자의 욕망이다"라는 말 역시 '인간 욕망'만의 인간의 맥락에서 사유일 뿐이다. 우리가 모르는 우주의 기운이 인간을 살린다! 우주 탄생 과정이 인간 탄생 과정과 너무도 일치하며 물질 반물질 모든 생명체와도 일치하는 까닭에 인간이 사유한 모든 책과 경전은 인간 생각의 과정일 뿐, 모르지 않는가. 검은 별은 과연 무엇인가. 우리도 모르는 또 다른 암흑물질인가. 아니면 **인간이 암흑물질인가**. 아직 우리는 몰라서, 겸허히 시를 쓰지 않는가. 시인이여, 젊은 시인이여, 우주가, 그것도 지구가 장례를 치러서라도 다른 생명체를 살리려 한다면! 모를 일이다. 시인은 직관으로 상상할 뿐 우주 과학을 모른다, 나는 그래서 참혹히 외친다! 암흑아, 암흑아, 깨어있는 암흑아, 하얀 별을 위해 우주 벌판이 된 검은 별아, 검은 별아! 지구의 장례가 치러지고 있다,
　　　　　　　　　　　상여꾼은 운구 준비를 마쳤느냐.

시별을 찾아, 우주문학론을 위해

아름다운 우주 영화

심야극장에서 보고 나오며 블랙홀처럼

생각에 빠져든다

지구를 위해 통 큰

결단을 누가

내릴 수 있을까

마지막 사랑이 떠날 때

통 큰 사랑을 해야 하나

사랑의 중력이 다하고

우주의 중력이 다할 때까지

우주 벌판에서
너를 불러야 하나

웜홀로 가는
통 큰 결단은 없다는 걸
알게 되기까지 우리는 시를 써야 한다

　내가 졸시 「우리는 웜홀로 가지 못한다」를 쓰게 된 건 〈인터스텔라〉라
는 영화 때문이다. 그런데 왜 이런 시를 썼나, 은하와 은하를 빛처럼
잇는 웜홀은 과학의 웜홀만이 아니다. 우리 사람에게도 웜홀이 있다. 결국
웜홀을 낳은 암흑물질 때문이리라. 암흑 에너지 암흑물질의 숙제, 우주의
96%를 차지하는 그들을 다른 이름으로 불러야 하나. 검은 별이라 불러야
하나. 하얀 별이 되려거든 암흑물질이 되어라. 하얀 별이 되려거든 검은
별이 되거라. 하얀 별은 중력이 큰 별만이 —— 태양처럼 중력이 큰 별만이
—— 된다. 일생의 중력이 무거운 자는 태양이 된다. 검은 별이 하얀 별이
된다. 이미 인간은 검은 별이지 않는가, 우주의 별의 근원인 검은 별이
인간이다. 우주신은 검은 별이다. 무명無明의 검은 별이 우주신일 것이다.
우주는 검은 별이 관장하고 또 돌본다. 그 암흑물질이 없으면, 그 검은
빛이 없으면 우주는 생겨나지 않았을 것이다. 하얀 어둠 검은 하얀 빛이.
　그러나 영화와 현실은 다르다, 통 큰 결단은 없구나! "지구를 위해 /
통 큰 결단을 / 누가 내릴 수 있을까" 지금 세계는, 인간은, 통 큰 결단을
내릴 수 없다. 통 큰 결단을 내릴 나라는 없고, 통 큰 결단을 내릴 유대인은

없고, 통 큰 결단의 종교는 없고, 이슬람은 없고, 유럽은 없고, 통 큰 결단의 아시아는 없고, 아프리카는 없고, 대륙은 없고, 중국은 없고, 티베트는 없고, 미국은 없고, 통 큰 결단을 내릴 정치는 없고, 통 큰 결단을 내릴 문화는 없고, 통 큰 결단을 내릴 역사는 없고, 통 큰 결단의 공산주의는 없고, 통 큰 결단의 자본주의는 없고, 통 큰 결단의 개인은 없고, 통 큰 결단의 넝마주의는 없는가?

영화처럼 현실은 되지 않는다는 거였다! 지구의 위기를 극복할 수 있는 방안이 없는 게 아니라, 영화에 나오는 우주의 웜홀이 아니라, 블랙홀이 아니라, 4차원의 서재가 아니라, 5차원의 외계가 아니라, 우리에게 통 큰 결단이 없다는 게 문제였다, 인간에게 통 큰 결단은 불가능한가, 그런가, 통 큰 결단은 불가능한가. 선진국이든 후진국이든, 적어도 우리나라는, 지금은, 지금 이대로는, 통 큰 결단은 불가능하다고, 그리 외쳐야 한다, 그리 외치지 아니하면 안 되는, 나는 시를 쓰는 시인으로, 시를 말하지 않으면 안 된다. 우리 한국시가 통 큰 결단이 없이는, 시의 장례를 치르고, 시의 혼례를 치르고, 우주 장례 우주 혼례를 치르는, 한국시가 우주문학으로, 우주문학론으로, 가지 않으면 안 되는, 통 큰 결단 없이는 시여, 통 큰 결단의 시여, 이제 민족문학 세계문학이 아니라, 한국문학이여, 한국시여, 너 우주문학이여.

"마지막 사랑이 떠날 때 / 통 큰 사랑을 해야 하나 / 사랑의 중력이 다하고 / 우주의 중력이 다할 때까지" 우리는 사랑의 중력에 붙들린 인간이다. 우리는 우주의 중력에 붙들린 인간이다. 사랑의 척력이 갈가리 찢고, 우주의 척력에 갈가리 찢기어도 어느 별을 찾아 떠나야 한다. 그것은 역설적으로, 사랑의 중력이 시킨 일일 것이다. 그 사랑의 중력조차 우주의 중력이 이끈 것일 테니까. 우주는 답이 없고, 늘 물어야 하는 게 우주이지만——문학도 그렇지만——, 우린 답을 찾을 것이다 늘 그랬듯이, 영화에 이런 글귀가 나오지만 만들어진 답은 억지스럽다. 우주 영화와 우주문학은 무엇이 같고 다른가. 나는 3시간을 심야극장에서 고민한다, 아니다, 영화는 영화, 시는 시다! 고개를 저으며 영상에 몰입하려 애쓴다. 지구기는 없을 테니까, 미국 국기가 곳곳에 나오는 식상함을 감수하고 보면, 지구의 위기와 종말론을 다룬 영화는 많지만 이만큼 우주의 이론물리학을 영상으로 다룬 영화도 드물 것이기에.

인간이 이룬 거대도시는 공동묘지가 되어간다. 대신 옥수수 농장의 옥수수 푸른 물결이 광활하게 펼쳐진다. 영화에 의하면, 지구의 종말의 예감 때문인데, 어느 날 갑자기 불어 닥친 거대 황사로 척박한 환경에서 자라는 옥수수를 심어서이다. 다른 농사는 되지 않고, 모두 불태우고 옥수수로 목숨을 연명해야 한다. 이제 인간 문명은 막을 내리는구나, 과학은 실패했구나, 이런저런 생각이 화면에 물들 무렵 우주 기지가 등장한다. 지구를 구하기 위해 우주선을 타야 한다. 딸과 아들을 버리고 —— 지구인이 지구인을 버렸느냐, 아버지가 딸을 버렸느냐는 화두처럼, 영화 전편에 나온다 —— 우주선을 탄 아버지 우주인.

지구인을 살릴, 낙엽 같은 희망으로, 목성으로, 웜홀을 통과해, 바다만 있는 행성으로, 얼어붙은 구름, 얼어붙은 대지가 있는 행성으로, 드디어는 블랙홀 속으로, 떠다닌다! 모든 게 이론적으로만 가능하고 —— 블랙홀에 수평선이 있어 통과할 수 있다는 것은 이론적으로도 불가능하고 —— 실제로는 지금 불가능하지만 사이버의 영상미는 눈부시다. 보르헤스 소설 『알렙』이 지구의 사건을 겹치지 않고 동시에 한눈에 보여주었듯이, 마지막 서재 장면에서 우주인 아버지와 딸의 해후 장면은, 만날 수 없는 안타까움으로 —— 그것도 먼지가 떨리는 것으로 —— 아름다운 숙제를 남긴다. 딸이 우주 과학자가 되고 우주의 중력 방정식을 풀어 젊은 아버지와 늙은 딸로 수십 년 후 다시 만나지만.

나는 거기서 지구의 희망과 절망을 동시에 본다. 통 큰 결단은 없다고 했지만, 우주의 중력 방정식이 풀린다 해도 우주 숙제는 여전히 인간의 숙명인지 모른다. 먼지인지 모른다. 먼지여, 먼지여. 먼지 하나가 우주를 무너뜨릴 수 있다! 먼지여, 먼지여. 먼지 하나가 우주를 살릴 수 있다. 우리는 먼지를 묻히고 이사 간다, 먼지 한 됫박은 남기고 이사 간다! 비오는 날 이사하는 영혼은 젖은 구두를 좋아하는 자들이지. 지구의 시간은 이사를 다니며 남기는 먼지 같은 것인지 모른다. 우주의 시간은 먼지를

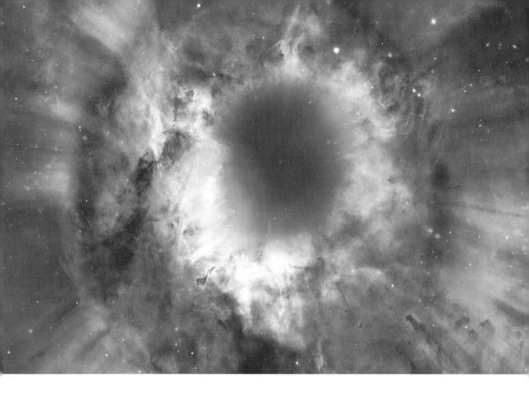

남기며 가는 이사인지 모른다. 우리는 죽음의 중력을 모르기에 삶의 중력을 모르고 삶의 중력을 모르기에 죽음의 중력을 모른다. 이제 종교적인 물음만이 아니라, 문학적인 물음만이 아니라, 우주 과학적인 물음을 물어야 할 때, 다시 시가, 우주 과학의 시가 물어야 할 때이다. 그것은 우주 과학만으로 안 되고, 시만으로도 안 되기에 우주문학은 이미 시작되었지만, 우리 시가 나가야 할 광활한 벌판이다.

        우주 벌판에서
        너를 불러야 하나

    어쩔 수 없이 인간의 사랑이란 결국 고리를 끊는 죽음이 찾아와 이별하고 마는 것이냐. 젊어 죽은 그를 잊지 못해 한평생 상복 입은 여자도 있겠고, 살아서도 만나지 못하는 죽음 같은 그녀를 위해 평생 상복 입은 남자도 있겠다. 아무도 죽음을 모르기에 별을 찾는지도 모르겠다. 우주적 고독은 죽음인지 모르겠다. 그 고독의 거리는 별과 별 사이의 고독, 우리는 은하상여를 타고서라도 먼 은하를 건너 별을 찾아간다, 여전히 암흑물질이요 암흑에너지인 암흑우주를 건너며 블랙홀 같은 죽음을 또 만날지라도.

내 푸른 별을 만나리. 푸른 별이 죽었어, 푸른 별아, 내 푸른 별아, 내 푸른 별을 만나리. 지구에는 푸른 별이 없네, 내 푸른 별을 만나리. 푸른 별이 자살했네. 아니 푸른 별이 살해당했네. 내 푸른 별을 만나리. 지구에는 푸른 별이 없다 하네. 내 푸른 별을 만나리. 지구에는 영혼이 없다 하네. 우주에도 영혼이 없을까? 그 푸른 별만 있을까? 우리가 영혼이라 부르는 푸른 별만이 푸르게 빛나고 있을까? 아무도 모르네, 푸른 별의 고향을. 별들에게는 고향이 없기에. 별은 태어나는 순간 여행을 떠나네. 모든 여행 속에서 별은 태어나고 우주여행 속에서 푸른 별은 태어나네. 삶의 여행, 죽음의 여행. 우리는 은하상여를 타고 떠나네.

우주 중력이 우리를 붙들고, 우주 척력이 우리를 갈기갈기 찢을지라도, 우주 상여를 타고 떠나야 하네. 우리 사랑 갈가리 찢길지라도 떠나야 하네. 우리 흩어져야 다시 모이는 것, 우주 사랑은 이별이네. 이별해야 별이 되네, 아무리 중력이 붙들어도 떠나야 하고, 떠나야 하네, 돌아올 곳 모르더라도 떠나야 하네. 별이 되려거든 암흑물질이 되어야 하고, 우리는 암흑물질이기에 별이 되어야 하네. 우주 어머니 중력, 우리는 암흑물질에서 암흑물질로 흘러간다. 모든 어머니는 자식들에게 암흑물질이다, 모든 여자는 남자에게 암흑물질이다, 모든 남자는 여자에게 암흑물질이다. 우주 여자여, 여자여! 우주 남자여, 남자여! 우리는 암흑물질이 되어야 별이 된다. 암흑물질은 우주의 자궁인지 모른다, 우주의 포용인지 모른다. 별이 되려거든 암흑물질이 되어라.